PESCIROSSI

PESCIROSSI

STEFANO CASO
UN'ELEGANTE FEROCIA

Seguici su facebook, twitter, ebook extra

© 2015 goWare, Firenze
in accordo con Thèsis Contents Agenzia Letteraria, Firenze-Milano

ISBN 978-88-6797-307-1

Immagine di copertina e disegni: Niccolò Pizzorno
Copertina: Lorenzo Puliti
Redazione: Serena Di Battista
Impaginazione: Stella Ammaturo

goWare è una startup fiorentina specializzata in digital publishing
Fateci avere i vostri commenti a: info@goware-apps.it
Blogger e giornalisti possono richiedere una copia saggio
a Maria Ranieri: mari@goware-apps.com

A Margherita, a Manuela

L'essere umano è la più immorale e sopravvalutata tra gli esseri viventi.
Gemma Antonioli
(un personaggio del romanzo)

Ringraziamenti

Ringrazio l'intero staff di goWare e della mia agenzia letteraria Thesis Contents, che credono in ciò che scrivo e mi incoraggiano continuamente a farlo. E un grazie speciale alla mia impagabile editor Serena Di Battista, così brava da riuscire a convincermi a limare gli aspetti più grezzi della mia scrittura.

Ma la mia gratitudine va anche a chi mi impreziosisce quotidianamente di suggerimenti, impressioni e critiche: mia moglie Manuela, il mio talentuoso amico Oreste Patrone ed Emiliano Leda, che in realtà non esiste, ma un po' sì e mi somiglia pure.

Senza dimenticare mamma Verbena e papà Giuseppe e tutti quelli che credono nella mia scrittura e non si scordano mai di farmelo sapere.

Un sincero ringraziamento a Niccolò Pizzorno, che ormai mi ha viziato con i suoi dipinti dei miei personaggi letterari.

Ultima di questa lista ma prima in ogni mio pensiero, il più appassionato riconoscimento va a mia figlia Margherita, che ha seguito a qualche metro di distanza la stesura di questo romanzo, riuscendo a farmi sorridere e giocare tra una riga e l'altra.

Personaggi principali

Betty Cabrini: *giornalista*
betty.cabrini@gmail.com

Luiso De Vito: *studente universitario (filosofia)*
luiso.devito@gmail.com

Adelmo Rocchi: *studente universitario (legge)*
adelmo.rocchi@gmail.com

Emiliano Leda: *giornalista e addetto stampa*
emiliano.leda@gmail.com

Pochi giorni prima

Nei sogni di mia madre, io non c'ero.

Non ero tra le bambole della sua infanzia, tra le utopie visionarie della sua adolescenza, tra i dolci pegni dei suoi amori adulti.

Forse mi intravide fra le creature ignivome dei suoi primi incubi o nei deliri mescalinici dei suoi viaggi fricchettoni, ma queste erano solo visioni aliene, dei tormenti effimeri che si suicidavano come una folgore in mare.

No, non esistevo in lei prima di nascere, neppure tra i sacrifici espiatori dei suoi peccati sessuali.

Un innaturale "non esserci" che dominò anche la sua gravidanza, priva di quella vivida fantasia con cui, in genere, le future madri dipingono i tratti della creatura che portano in sé, intonandoli alle proprie passioni e aspirazioni, ai propri sogni. Fu lei a dirmelo. Mia madre fu sempre sincera con me, quasi sempre sincera...

Mi mentì una sola volta e fu una grossa bugia, un inaspettato tradimento che mi svelò in punto di morte.

«Ammiro come si possa mentire appoggiandosi sulla ragione» mi diceva spesso, citando Sartre, ma per me fu un grande dolore, una sofferenza che vidi nei suoi occhi imploranti il mio perdono.

Morì serena. Glielo dovevo, quel perdono. Perché mia madre mi amò in maniera unica e inusuale, con la stessa ambiguità con cui si ama il mistero, che incute smarrimento ma infonde incanto, che avvicina alla morte ma induce al divino.

Glielo dovevo, quel perdono, perché nei sogni di mia madre, ora, non ci sono che io. E presto la raggiungerò, se lei, dottore, vorrà portare a compimento quel triste lavoro iniziato parecchi anni fa...

Giovedì

«La neve mi mette sonno, sete e di pessimo umore...»

Sono le cinque del pomeriggio, gennaio è iniziato da qualche giorno, fa un freddo becco e da un paio d'ore la neve si sta accomodando copiosa su Cremona, per la gioia di bambini, poeti e sognatori, ma non di Betty Cabrini che, noncurante di lagnarsi con un interlocutore immaginario, sta procedendo a passo lento e minuzioso sull'asfalto candido e infido del marciapiede sotto casa.

Ha parcheggiato l'auto in divieto di sosta, «e che se la portino via col carro attrezzi, voglio vederli con tutta questa neve...», tiene una mazzetta di giornali sottobraccio e lo sguardo incollato ai piedi. Di tanto in tanto alza gli occhi di fronte a sé, per poi abbassarli di nuovo e ripartire col suo borbottio.

«Se avessi con me almeno un ombrello, lo userei a mo' di bastone da montagna» e si riaccomoda alla meglio il basco sulla testa.

Già la sua giornata è stata da schifo, con Fulvio Resemini, il direttore, che l'ha tampinata fin dal mattino per sbolognarle un pezzo su un tale che sostiene di essere stato rapito da una civiltà aliena, gli *Iku*, e di aver vissuto sul loro pianeta per un mese. E lei, la Cabrini, che a ogni incursione del suo capo andava su tutte le furie, rivendicando coi denti la propria professionalità: «Ho risolto un caso che neanche Sherlock Holmes, e lei mi vuol mettere alle calcagna di uno psicopatico visionario? Mai e poi mai!»

E così, il pavido Fulvio Resemini è stato costretto a ripiegare sull'altrettanto pavido Graziano Valsecchi, meno battagliero e rissoso della Cabrini, che si sorbirà quell'incombenza, sforzandosi di arricchirla con aneddoti pruriginosi e inscenandola con un'improbabile attendibilità. È il nuovo corso del giornalismo italiano, dal sapore giovane e frizzante, sempre morboso e sempre scabroso, aderente alla nostra società contemporanea e involuta, ma soprattutto livellato alle pulsioni più basse e lerce dei suoi fruitori.

«E magari si trattasse sempre e solo di extraterrestri» continua a mezza voce la Cabrini. «Quelli saltano fuori quando la cronaca si fa avara di tragedie familiari e stradali, scandali sessuali e beghe di cortile. Le storie predilette e vampirizzate da buona parte dei nostri connazionali.»

Le piace parlare tra sé, lo fa spesso, anche in redazione.

«Mi fa sentire meno sola... E poi che male c'è? Mica sono matta!»

Dopo la sfuriata col direttore, la Cabrini ha deciso che la sua giornata lavorativa era finita lì, senza neppure una parola scritta. Ha spento il computer, recuperato cappotto, sciarpa e basco – vecchi, neri e ormai consunti – è uscita come una saetta dalla redazione, si è messa in macchina, ha iniziato a sacramentare contro la neve e il resto del mondo e, a passo d'uomo, si è avviata verso casa, ascoltando *Il bombarolo* di De Andrè: 'Chi va dicendo in giro che odio il mio lavoro non sa con quanto amore mi dedico al tritolo'.

«Al diavolo anche Valsecchi!» dice la giornalista, indugiando nella neve. «Se lo smazzerà lui, il rapito. Se non ha palle per dire no a Resemini, affari suoi!»

Aver risolto, circa un anno fa, 'un caso che neanche Sherlock Holmes' – l'omicidio di una ragazza – ha infuso nella giornalista la giusta baldanza per restituire dignità alla sua professione, ormai da tempo ridotta a un deleterio compromesso quotidiano. E da quel momento ha preteso il lei dal suo direttore e avvertito l'urgenza di scremare le notizie di cui occuparsi, ma soprattutto di ricercarne la verità e le giuste parole per scriverla, alla faccia di Resemini e della proprietà del giornale, con cui si scontra ormai quotidianamente.

«Senza compromessi, con la schiena ritta come un pennone...» e raddrizza per un istante la postura arcuata con cui sta incedendo nella neve. «In sintonia col mio universo, con la mia natura, a cavallo delle parole che raccontano e non ingannano.»

Parole che non voleva più usare, «che pochi vogliono usare...», pesanti, scomode, che non si scrivono da sole, «le parole che salveranno il mondo da chi le maneggia per dominarlo, maledetti loro e maledetta questa neve!» torna a grugnire, imperturbabile alle occhiate divertite dei passanti. «Giuro che non esco più di casa fino ad aprile, lo giuro! Tutto il giorno fra quattro mura, senza idioti e cavalier serventi fra i piedi, con una buona grappa e una televendita a farmi compagnia. E fanculo Resemini, gli *Iku* e...»

Un'imprecazione che le rimane pendula fra i denti, complice uno strato di neve oltremodo viscido e traditore, che prima la proietta gambe all'aria e poi la rovina a terra con una gran culata.

«Stramaledetta neve!» sbraita con gli occhi al cielo e una mano sul fondoschiena dolorante. La mazzetta di giornali si disperde svolazzando sul marciapiede. «Fottuta e stramaledetta neve! Cosa mi è venuto in mente di uscire di casa, stamattina, accidenti a me!» Prova goffamente a rialzarsi, svirgolando più volte con i piedi e affondando di nuovo le natiche nel candido gelo del marciapiede. Da quest'insolita seduta la Cabrini nota, a qualche metro dall'ingresso del suo condominio, un uomo imbacuccato all'inverosimile, con un lungo giaccone scuro, guanti, una cuffia nera calata fin quasi sugli occhi, una sciarpa altrettanto nera su buona parte del volto e jeans infilati in un paio di doposci.

L'uomo la sta fissando con fare nervoso.

«Che cazzo ha da guardarmi quel tipo?»

Il tipo la osserva ancora per qualche istante, poi ruota su se stesso e si allontana a grandi passi, slittando più volte sull'asfalto.

«Si fermi!» urla la giornalista. «Si fermi!» e intanto riprova ad alzarsi in piedi, ripiombando inesorabilmente nella neve.

La luce dei lampioni tratteggia schizzi di ruggine sulla neve, mostrando il marciapiede come lo spaccato di un enorme set cinematografico, dove Betty Cabrini sembra somigliare, più che a una spavalda giornalista, a un'improbabile comparsa.

Pochi giorni prima

Furono tre i grandi amori di mia madre.

Io, la crudele burla di un demiurgo impazzito, il suo cucciolo d'orco, l'angelo dalla testa di sciacallo, l'espiazione di tutti i peccati del mondo, la peggior bestemmia al pantheon di ogni credenza.

Eravamo inseparabili, di giorno come di notte. Fino a poche settimane fa. Fino a quando Anubi, o chi per esso, l'ha voluta con sé al cospetto del supremo tribunale degli dèi, per la pesatura dell'anima. E ora è lì, in attesa del cinico responso che la spedirà nel Regno dei morti o tra le fauci di Ammit "la Divoratrice".

Il secondo grande amore fu un bel giovane. Eccoti, il compagno ideale, specchiato padre di famiglia, gran lavoratore. Mia madre ti amò con tutta se stessa e con tutta se stessa ti tradì.

Poi ti lasciò.

E anche se non vi vedeste più, lei ti rimpianse fino alla morte e mai si sognò di ingannarti ancora.

Il terzo amore fu il più grande e travolgente: la stupidità. Ne era attratta come lo è un insetto dalla luce; e più ne rimaneva scottata e più adorava incollarsi a quell'incandescenza, indifferente alle sventure a cui, per quella stupidità, condannava se stessa e chi le stava accanto.

Ne rimase sedotta fino alla mia venuta al mondo, il tempo necessario a castigare in eterno gli altri due grandi amori.

«L'uomo è condannato a essere libero» si giustificava, sempre citando Sartre. «Condannato perché non si è creato da se

stesso, e pur tuttavia libero, perché, una volta gettato nel mondo, è responsabile di tutto ciò che fa.»

Già.

Un pacco avvolto in pagine di giornale, dalla forma e dalle dimensioni di una scatola di scarpe, senza alcun cenno al mittente ma neppure al destinatario, privo anche dell'affrancatura. Un involucro leggero.

Era davanti all'uscio dell'appartamento di Betty Cabrini, sullo zerbino. Lei lo ha raccolto con indifferenza, poi l'ha girato e rigirato con la curiosità di chi ha appena dissotterrato un misterioso reperto archeologico e, infine, con l'inquietudine di chi si ritrova fra le mani una mina inesplosa.

«Quel tipo sul marciapiede...» mormora la giornalista.

Con la mano destra, impedita nei movimenti dai giornali che tiene sottobraccio e ancora fradici di neve, sfila a fatica le chiavi di casa dalla borsetta, messa a tracolla sulla spalla sinistra, e le infila nella toppa della porta; mentre con la mancina regge incerta l'oscuro malloppo. E vorrebbe avere una terza mano per massaggiarsi il culo, ancora dolorante dopo la caduta sulla neve.

Apre, entra e sbuffa, poi inizia a contorcersi in una strana posa per arrivare col gomito destro a cliccare l'interruttore della luce; infine richiude l'uscio con un piede e conquista eroicamente il centro del soggiorno. Deposita sul tavolo il pacco e tutto il resto che tiene fra le mani.

«Accidenti...» sospira. «Prima la neve e ora questo coso.»

Un coso che la preoccupa non poco.

«E se fosse esplosivo? Forse dovrei telefonare allo Sbirro...» Che di certo la sfotterebbe con la sua sghignazzata al gusto di catarro. «No, non mi prenderebbe sul serio.»

Pensa che potrebbe chiamare Adelmo e Luiso, i suoi giovani amici.

«Meglio di no, se questo *coso* scoppiasse, metterei a rischio le loro vite.»

Si sfila di dosso sciarpa e cappotto, li getta sul divano e, basco ancora in testa, torna a scrutare il misterioso coso, afferrandolo e alzandolo al cielo come un sacrificio agli dèi, rivoltandolo più volte con estrema cautela e poi riponendolo dolcemente sul tavolo.

«E ora che faccio?»

Un trillo improvviso la fa sobbalzare.

È il campanello di casa.

Si avvicina rapida e nervosa al citofono.

«Chi è?»

Un soffio: «Apri il pacco... Non avere timore...»

«Chi è?»

Il soffio insiste: «Non avere timore...»

«Chi cazzo parla?» prende coraggio lei. «Che cazzo vuoi? Avanti, sali!» strepita come un'isterica, e intanto pigia più volte il pulsante apriporta. Infine spalanca l'uscio e inizia a sbraitare nella tromba delle scale: «Avanti, che aspetti? Sali! Non mi fai paura!»

Ma dell'ignoto personaggio non c'è traccia.

«Avanti, che aspetti?» ripete la Cabrini, poi torna come una furia in casa, riprende il citofono e riattacca a strillare: «Dove cazzo sei? Che aspetti, sei sparito?»

Dall'altro capo del citofono non arriva più alcuna voce né sospiro, ma solo il suono confuso della strada.

«Se n'è andato...» ansima la Cabrini. «Meglio così.»

Esce di nuovo sulle scale, dà un'ultima occhiata giù, si scusa con alcuni vicini per le urla e rientra in casa.

Si riaccomoda il basco in testa e cerca di ritrovare una parvenza di calma.

«Meglio così. Anche se il pacco è sempre qua e ancora da aprire. Se almeno ci fosse Emiliano...»

Emiliano è Emiliano Leda "il pelatone", trentacinquenne ex collega della Cabrini e suo *personal pusher* di grappa friulana e balcanica. Non vive più a Cremona da quattro anni, da quando ha vinto un concorso di addetto stampa in un ente pubblico dell'estremo Nordest e si è licenziato dal giornale. Un licenziamento che aveva anticipato di poco quello della proprietà della testata, ormai esasperata dai contrasti fra lui e Fulvio Resemini, il direttore.

Passionale e irruente, una sera Leda aveva scritto un editoriale a firma di Resemini, in cui venivano presi di mira industriali, commercianti e curia cremonesi, accusati di essere in combutta con il gotha politico cittadino. Aveva poi spedito il pezzo in tipografia, scatenando l'ira dei poteri forti di Cremona, tutti convinti che l'autore fosse Resemini, seppur consci della sua viltà.

L'incidente fu poi risolto addossando la colpa a un ignoto hacker, di certo appartenente al centro sociale cittadino, anche se in redazione furono in molti a essere convinti che il vero responsabile fosse lui, Emiliano Leda.

«Emiliano? Sono Betty...»

«Sorella, a cosa devo questa telefonata? Ti sei già scolata la mia ultima fornitura di grappa?» Il tatto non è il suo forte. Così come l'equilibrio mentale.

«Ti prego di non scherzare, ho un problema.»

«Non dirmi che sei incinta. Una lesbica come te...»

«Emiliano, è una faccenda seria, lasciami parlare» lo interrompe la donna e riassume gli avvenimenti dell'ultima mezz'ora.

«Mmh...» è il primo commento di Emiliano.

«Soltanto mmh?»

«Mmh...» insiste lui, per poi aggiungere: «Hai provato a chiamare la polizia, magari lo Sbirro?»

«Non mi prenderebbe sul serio. E poi non vorrei tirar su un casino per niente.»

«Un casino per niente? Che stai dicendo, Betty? Qualcuno ti piazza un pacco sospetto davanti alla porta di casa e tu hai paura di sollevare un inutile polverone? Avanti, chiudi la telefonata e chiama subito la polizia!»

Lei va verso il bagno, col pacco sottobraccio e il basco in testa. «Speravo in un consiglio migliore.»

«Betty, cazzo, chiama la polizia o lo faccio io!»

«...»

«Betty?»

«...»

«Betty, cos'è questo rumore?»

«Acqua.»

«Acqua?»

«Acqua!»

«Che acqua?»

«Quella della mia vasca da bagno.»

«Mi telefoni impanicata, poi decidi di farti un bagno caldo? Sei certa di star bene? Come va col tuo alcolismo?»

«Fanculo, Emiliano!»

«Fanculo tu, Betty! Chiudi il rubinetto e chiama la polizia, o prendo l'auto e vengo lì!»

«E ti faresti trecento chilometri sotto la neve?»

«Betty, piantala di fare l'idiota. Chiudi il rubinetto e chiama la polizia, prima che sia troppo tardi.»

«Immergo il pacco nell'acqua: ora ti metto in vivavoce, così posso lavorare meglio.»

«Oh, signùr! Questa è ormai andata...» sospira Emiliano, che poi torna a sbraitare nella cornetta: «Betty, ragiona! Bagnare il pacco serve solo per certi esplosivi: non per tutti. Lascia perdere e chiama gli sbirri, altrimenti lo faccio io.»

«Troppo tardi, ho già tuffato il pacco nella vasca.» Le scappa una risatina isterica. «E non è successo nulla...»

«Betty, fai attenzione!»

«...»

«Betty, ci sei? Rispondimi, cazzo!»

«Lo sto recuperando, non distrarmi...»

«Non distrarmi...» ripete sconsolato Emiliano, grattandosi la pelata.

«Ora lo sgocciolo, è inzuppato d'acqua.»

«Non scuoterlo, potrebbe essere pericoloso, un minimo movimento potrebbe farlo esplodere.»

«Sarebbe già successo, con tutti gli scossoni che gli ho dato.»

«...»

«Emiliano?»

«Sono qua.»

«Lo sto scartando.»

«...»

«Scartato tutto. E non è esploso!»

«...»

«Ora lo apro.»

«...»

«Emiliano?»

«Sono sempre qua.»

«Ora lo apro.»

«Cosa vuoi che ti dica?»

«Che mi vuoi bene...»

«...»

«Dimmelo.»

«Ti voglio b... Dai, Betty, non dire scemenze.»

«Dimmelo!» urla lei. «Dimmi che mi vuoi bene.»

«Ti voglio bene.» urla anche lui. «Ma ora facciamola finita e apri questo maledetto pacco.»

«...»

«L'hai aperto?»

«...»

«Betty?»

La donna esplode in una risata fragorosa che pare non finire mai, lievemente increspata dal catarro da fumatrice.

«Betty, che hai da ridere? Rispondimi, che cosa c'è nel pacco?»

«Un... un... un reggiseno!» singhiozza lei, soffocata dalle risa.

«Un reggiseno?»

«Sì» continua a ghignare. «E un palloncino...»

«Un reggiseno e un palloncino?»

«Proprio così.» Torna seria. «Un reggiseno push-up bianco, orlato di pizzo e con coppe imbottite. Una terza, a occhio e croce, ma non c'è l'etichetta. E un palloncino rosa, sgonfio e forato. C'è anche una piccola busta trasparente, con dentro un foglio scritto al computer e ripiegato.»

«Chi ti ha spedito il pacco sapeva che l'avresti immerso nell'acqua...»

«... e non voleva che la carta e l'inchiostro si squagliassero. Dovevo leggerlo. Ora lo apro.»

«...»

«*L'uomo è l'essere che progetta di essere Dio.*»

«Che stai dicendo?»

«È scritto sul foglio: *L'uomo è l'essere che progetta di essere Dio*»

«È una frase di Sartre, da *L'essere e il nulla*, un libro che ho divorato all'università.»

«C'è anche il nome di una donna: *Miriam Vallari.*»

«E chi è?»

«Non ne ho la più pallida idea.»

«Una tua vecchia fiamma?»

«Me ne ricorderei. E poi cosa c'entra con un reggiseno e un palloncino, Sartre e una pagina di giornale?»

«Senti, Betty, potrebbe essere uno scherzo idiota, ma anche qualcosa di più pericoloso. Vedi di stare attenta.»

«Dovrei preoccuparmi per un reggiseno e un palloncino sgonfio?»

«Forse è un modo per provocarti. Mi metto in ferie e vengo a Cremona.»

«Non ti sembra di esagerare? Prima vediamo cosa succederà nei prossimi giorni, poi decideremo il da farsi. Domani cercherò di scoprire chi sia questa Miriam Vallari e cosa c'entri col pacco. Chissà che non sia una bella fanciulla follemente innamorata di me.»

Pochi giorni prima

Mia madre adorava Jean-Paul Sartre, signori miei. Di lui lesse tutto: saggi, racconti, romanzi, testi teatrali, anche se spesso non capiva ciò che stava leggendo, ma lo adorava ugualmente. «A volte le parole piacciono non per quello che significano, ma per il suono che producono o per chi le sta pronunciando» si giustificava, con una citazione finalmente tutta sua. Io non ero d'accordo, ma non glielo dissi mai.

Mia madre era bellissima, voi lo sapete.

Mi piaceva osservarla mentre leggeva Sartre, indagare le sue smorfie, cercare di interpretarle, provare a comprendere se fossero virgole di piacere o tratti di inquietudine; con lei che, sapendo di essere osservata, si divertiva a depistarmi simulando lampi di estasi, turbamento o imbarazzo.

Ed era anche un piacere stare ad ascoltarla intanto che mi raccontava la sua vita: la sua infanzia, l'adolescenza, i primi amori, le speranze e le disillusioni, intercalando il tutto con frasi rubate senza pudore a Sartre e che lei si era annotata per riportarle, poi, alla prima occasione, spesso a sproposito.

Citò Sartre anche in punto di morte: «Ciascuno di noi è un carnefice per gli altri» mi disse, tenendo gli occhi serrati per gli spasmi che la stavano consumando o forse per la vergogna per ciò che mi avrebbe confessato di lì a poco.

«Ciascuno di noi è un carnefice per gli altri» mi ripeté. «E anch'io lo sono stata per te. Ma non me ne volere, ti prego: tu sei il frutto dell'inganno, della ferocia, della bestialità di creature

che non furono generate a Sua immagine e somiglianza, di es-
seri guidati dal dio della tempesta e dell'oscurità, sei il destino
della mia stupidità, tu sei la mia stupidità e il mio pentimento,
il mio inizio e la mia fine, tu sei... Avvicinati, tesoro, ora ti dirò
chi sei, poi perdonami. Ti prego, perdonami!»

Venerdì

«Ciao, Sbirro, conosci una certa Miriam Vallari?»

«No, dovrei?»

«Mi ha spedito un pacco, forse...»

«Ti ha spedito un pacco, forse? Ti senti bene, giornalaia?»

«Ieri mi è arrivato un pacco anonimo, avvolto in una pagina di giornale. E dentro c'erano un reggiseno, un palloncino sgonfio, una frase di Sartre e il nome di Miriam Vallari.»

Lo Sbirro prima tace, poi si lascia andare a una ghignata catarrosa da fumatore di vecchia data.

«E tu mi chiami per dirmi che una misteriosa spasimante ti ha inviato un insolito campionario da feticista?» e riprende a espettorare nelle orecchie della Cabrini.

Lei sbuffa.

«Era un pacco anonimo, Sbirro. Pensavo che fartelo sapere fosse la cosa migliore. Lo pensa anche Emiliano Leda...»

«Ah, ma allora tutto cambia, se anche il tuo amico "pelatone" la pensa così...» inferisce il poliziotto.

«Puoi almeno dirmi dove abita, quanti anni ha e se è incensurata?» insiste la giornalista. «Ho cercato sull'elenco telefonico, ma non ho trovato nessuno con quel nome. Ho fatto anche una ricerca in Internet, ma non c'è nulla che la riguardi. Neppure su Facebook.»

Il poliziotto torna serio: «Ora mi offendo, giornalaia petulante. Io mi occupo dei rapporti con la stampa, e sai che preferisco te ai tuoi colleghi. Ma tu ora mi stai trattando come un agente matrimoniale.»

Fa una breve pausa a effetto, infine torna a spurgare i bronchi a suon di sghignazzo.

«Lascia stare, Sbirro, fai come se non ti avessi chiamato. Alla prossima...» e la Cabrini chiude la telefonata senza attendere la replica del poliziotto, che sta ancora gaiamente scatarrando. «Fanculo!»

Sono le undici del mattino. La Cabrini è in redazione da una buona mezz'ora e ancora tiene indosso cappotto, sciarpa e basco. Fuori, la neve ha ceduto il passo a una pioggerellina pungente, che sta squagliando con metodica insistenza il candore su strade e marciapiedi, mutandoli in percorsi impantanati e rumorosi come gli attuali pensieri della giornalista.

Si è svegliata presto, stamani, poco dopo le sette, con le chiappe ancora indolenzite per la caduta di ieri e una fastidiosa emicrania.

«Dev'essere stato il pieno di grappa di ieri sera» si lamenta a bassa voce, portandosi le dita alle tempie e accennando un automassaggio circolare.

Una serata a girare e rigirare, palpare e ripalpare il contenuto del misterioso pacco, a fare congetture e ipotesi, a drammatizzare e sminuire la situazione, per poi tornare ad allarmarsi e ancora a minimizzare, con un bicchierino in mano a far la spola dalla bottiglia al gargarozzo, per andare infine a letto senza un tocco di pane nello stomaco, con le stesse perplessità di prima e un'emicrania in più da sopportare.

E così, stamattina, la Cabrini si è svegliata dolorante di buon'ora, si è accesa una sigaretta e ha subito ripreso ad armeggiare intorno all'oscuro pacco, leggendo e rileggendo la massima sartriana durante il disbrigo delle pratiche fisiologiche, bevendo un caffè in compagnia di un palloncino moscio e di un reggiseno forestiero, lavandosi e vestendosi ripetendo, con la cadenza e lo spasimo di una piagnona, il nome di Miriam Vallari.

Ora è in redazione.

Il trillo del cellulare la fa sobbalzare sulla sedia: «Pronto?».

«Sono Luiso.»

«Carissimo! Come stai?»

«Io bene, e tu? Hai novità sul pacco?»

«E tu che ne sai del pacco?»

«Mi ha telefonato Emiliano spiegandomi tutta la faccenda, poi ha chiesto a me e Adelmo di darti una mano. Sembrava preoccupato.»

«Il solito esagerato!» si lamenta la Cabrini; ma intanto pensa che "il pelatone" non stia affatto esagerando e che pure lei è piuttosto inquieta, anzi parecchio. Poi fa sue le parole dello Sbirro: «Potrebbe essere l'insolito campionario feticista di una misteriosa corteggiatrice.»

Luiso deglutisce col sonoro. A dispetto dei suoi ventitré anni e della sua visione progressista, il ragazzo prova ancora imbarazzo di fronte a un certo libertinaggio.

«Non credo» mormora. «Che bisogno avrebbe una tua...» Si raschia la gola. «Che bisogno avrebbe una tua spasimante» prende fiato «di mandarti un pacco del genere?» Poi ci mette più grinta: «Quel campionario, come lo chiami tu, a mio parere è un messaggio in codice tutto da interpretare e non ha alcun riferimento sessuale. Lo avrebbe se non ci fossero quella pagina di giornale e la frase di Sartre.»

«Tu credi che...»

«Io e Adelmo crediamo...»

«... che dovrei preoccuparmi?»

«... che dovresti capire chi sia questa Miriam Vallari e cosa c'entri col pacco.»

«Ho provato a cercare sull'elenco telefonico, in Internet, su Facebook, ma non ho trovato nulla che possa riguardarla.

Ho chiesto anche al mio amico Sbirro, ma non mi ha presa sul serio.»

«Vuoi che ne parli con mio padre?»

«No, lascia stare l'ispettore e la polizia. Ho un amico che lavora all'anagrafe comunale: proverò con lui.»

«Che ne diresti di vederci più tardi alla *Crazy Tower*? Per un aggiornamento e una birra tra amici.»

«Questa è un'ottima idea, ho bisogno di rilassarmi. Oltre che di rinfrescarmi la gola. Facciamo verso le diciassette?»

«D'accordo, a più tardi.»

Chiusa la telefonata, la Cabrini attacca con un'altra.

«Ciao, Pino, sono Betty Cabrini. Sei in ufficio?»

«Certo.»

«Avrei bisogno di un grosso favore.»

«Quanto grosso?» Il tono dell'impiegato comunale tende maliziosamente al doppio senso.

«Un semplice favore...» sbuffa la giornalista.

«Già, che stupido, dimenticavo che a te "certe cose" non interessano.»

«Appunto. Puoi darmi qualche informazione su una certa Miriam Vallari? Dove abita, quanti anni ha, se è sposata...»

«Una tua nuova preda?»

«Neanche per idea, ne ho bisogno per il giornale» mente la Cabrini, alzando di un diesis le ultime parole.

«Sai che non potrei.»

«Lo so, lo so: me lo dici ogni volta. E ogni volta aggiungi che uno strappo alla regola, per un'amica, si può fare.»

«Già, una bella e affascinante amica, ma purtroppo allergica ai maschietti» la punzecchia ancora lui; e intanto inizia a digitare al computer: «Mi... ri... am... Val... la... ri... Eccola: Miriam Vallari, nata a Cremona il 2 ottobre del 1993.»

«Vent'anni compiuti da pochi mesi» lo interrompe la Cabrini.

«È nata a Cremona, ma risiede a... Hai carta e penna?»

«Sì, continua.»

«Dicevo che non risiede a Cremona, ma a Pozzaglio, in via...»

La Cabrini scrive l'indirizzo e intanto riflette su quella ragazza, prova a immaginarne il volto, a confrontarla con la persona che ieri ha intravisto davanti al suo condominio.

«Non può essere lei: quello era un uomo. E poi perché mi avrebbe mandato un pacco con quella roba, se poi voleva che la cercassi? Poteva contattarmi di persona.»

«Che stai dicendo, Betty?» ridacchia Pino.

«Scusami, sto riflettendo a voce alta. Grazie per l'informazione. Alla prossima» e, dopo aver riattaccato in tutta fretta, riprende il soliloquio: «Non può essere stata lei, che senso avrebbe. Eppure, chi mi ha spedito il pacco ha fatto riferimento a questa donna, dunque: c'entra anche lei.»

«Tutto bene, Betty?» è Fulvio Risemini, il direttore. La sta osservando da qualche secondo. È scuro in volto, e non solo per l'abbronzatura caraibica che sfoggia in ogni stagione dell'anno. I cinquant'anni suonati non gli impediscono di abbigliarsi come la moda impone, di tingersi i capelli di nero corvino e di ingellarli spalmati all'indietro.

«Betty, tutto bene?» ripete Resemini, poggiandole una mano sulla spalla destra. Anche il resto della redazione la sta osservando.

«Come?» si ridesta lei, guardando stranita il direttore dal basso verso l'alto.

«Si sente bene? Parlava da sola...»

«Be', che male c'è? È forse vietato?» e con lo sguardo fa un giro sui colleghi, alla ricerca di un consenso che mai le arriverà.

«Assolutamente no, tuttavia...» cincischia Resemini. «Tuttavia... Vabbe', lasciamo perdere. Piuttosto, ho del lavoro per lei, visto che non le interessa la storia del tizio rapito dagli extraterrestri.»

«...»

«Ha presente il rapporto sulla microcriminalità pubblicato nei giorni scorsi dal Ministero dell'Interno?»

La Cabrini sembra interessata.

«Bene» continua lui «in quello studio, Cremona non è messa bene. Ho pensato che potremmo farci un pezzo in cui...»

«Mi sembra una grande idea.»

«Un pezzo in cui» prosegue Resemini, imperterrito all'accenno di entusiasmo della sua redattrice «lei dovrà comporre una sorta di mappa dei quartieri in cui risiedono i piccoli malviventi. In questura dovrebbero avere tutti i dati necessari per...»

«Alt!» gli intima la Cabrini, assumendo la posa del gendarme. «Credo che lei abbia ragione, direttore, non mi sento affatto bene: parlo da sola, rido da sola, mi arrabbio da sola... Vero?» Si volta verso il resto della redazione. Tutti abbassano la testa. «Ho proprio bisogno di un periodo di riposo. E visto che ho molte ferie arretrate, caro direttore» si leva in piedi baldanzosa «sa cosa le dico? Che da questo momento e per qualche giorno mi tolgo di mezzo.»

Scansa con un cenno di gomito l'ambrato Resemini e a passo svelto va verso l'uscita. Prima di varcarla si ferma, si volta e saluta con la manina i colleghi: «Aloha!» Poi finalmente esce dalla redazione.

«Si parla di microcriminalità, e quel paraculo vuole sapere dove abitano 'i piccoli malviventi'. Che si fotta!» urla al resto del mondo. «Ora andiamo dalla fantomatica Miriam Vallari» e attacca pericolosamente a saltellare sulla neve flaccida.

Emiliano Leda

È la rabbia, che mi tormenta. Metti adesso, per esempio, è mezzogiorno, sto imboccando l'autostrada per tornare a Cremona, la mia città d'origine, trentadue anni della mia vita trascorsi lì e la mia famiglia che ancora ci abita, come gli amici più cari e i miei ricordi più intensi. Dovrei sorridere, ora.

E invece no.

D'accordo, l'asfalto è ancora viscido di neve e io sono preoccupato per Betty. Ma è la rabbia, la mia rabbia, che continua a perseguitarmi, che mi opprime, che mi molesta. È un sentimento antico, il mio, che affonda le radici nella memoria in bianco e nero, quella più spenta e slavata, nelle cupe serpentine della mia psiche, che solo se mi mettessi in analisi potrei dipanare, magari con una terapia di gruppo: io e un nutrito gruppo di psichiatri.

Ma non funzionerebbe, perché oltre a questa ira atavica ce n'è un'altra, più conscia e narrabile, che si autorigenera a ogni sguardo sul mondo, che spesso mi lascia in balìa di sentimenti e gesti irrazionali, un furore che nessuno psichiatra o analista riuscirebbe a smontarmi, se non con dosi estreme di psicofarmaci: è la schiuma che mi monta in testa quando mi trovo di fronte alle ingiustizie, alla sopraffazione, all'ingordigia, al razzismo, alla violenza gratuita e a quella a pagamento, alla fame di una parte di mondo e all'indigestione dell'altra, all'ambiente insanguinato, all'egoismo, alla stupidità, alla rassegnazione, all'indifferenza, ai servi felici, all'apologia del PIL, alle finte missioni di pace, alla malasanità, all'ignoranza voluta e goduta, alla disinformazione, alla Tv degli ultimi vent'anni e a quella dei prossimi cento, alla facile allegria, alle speculazioni edilizie, alla cementificazione, alle tangenti, alla politica corrotta e corruttibile, ai leccaculo, ai "ma tanto lo fanno tutti" e ai "si stava meglio quando si stava peggio", agli strozzini, alle veline letterine schedine, ai rocker ribelli ad arte, ai forti con i deboli, a chi parla di capital shock, financial reporting e know-how e a questo stronzo che mi sta sorpassando a destra convinto di aver fatto una figata e ai suoi due bambini che dal sedile posteriore mi fanno ciao con la manina e che da grandi saranno stronzi tali e quali al loro padre e di certo me li ritroverò su questa autostrada a sorpassarmi e risorpassarmi a destra e a sinistra e di sopra e di sotto e magari senza neppure salutarmi con la manina ma alzando il dito medio e forse una lama di venticinque centimetri o un kalashnikov.

Vorrei sorridere, ora. Vorrei sorridere per il solo fatto di correre in aiuto di una cara amica come Betty. E invece no: sono turbato, oltre che incazzato.

La storia che mi ha raccontato al telefono non mi piace affatto e ho l'impressione che quel pacco non sia altro che l'inizio di un sadico gioco.

E Cremona tornerà a essere fonte di guai.

È quasi l'una del pomeriggio. Betty Cabrini è a Pozzaglio, un piccolo comune a pochi chilometri da Cremona. Se ne sta seduta in auto di fronte all'abitazione della misteriosa Miriam Vallari, sul lato opposto della strada. È ferma da dieci minuti e ancora non si decide a smontare.

La pioggia continua a scendere pungente e lei, sigaretta spenta fra le labbra, è intenta a scrutare, attraverso i finestrini grondanti d'acqua, quell'edificio bianco con i serramenti verdi, disposto su due piani e circondato da un piccolo cortile a cui si accede attraverso un cancello in ferro battuto, dalle estremità superiori appuntite come lance. Il resto della corte è cinto da un muretto di mattoni rossi, su cui si innalza una ringhiera, anch'essa metallica e acuminata.

La Cabrini fa scorrere con lo sguardo la fila di punte aguzze: «Un inutile spauracchio per le bande di saccheggiatori che infuriano da queste parti». Torna al motivo per cui è qui: «Non può essere stata quella ragazza a mandarmi il pacco. Perché allora il suo nome?» e fa per scendere dall'auto, intenzionata ad attraversare la strada, suonare il campanello e provare a parlare con la giovane.

«E cosa le chiedo, se mi ha spedito il pacco? Che sciocchezza!»

Per un istante pensa di lasciar perdere la questione.

«Sì, lasciar perdere... Neanche per idea!»

Molla la sigaretta, che è sempre spenta, sul sedile al suo fianco, apre la portiera e smonta. Decide di fare a meno dell'ombrello, si riaccomoda il basco sulla testa e si avvicina a grandi passi verso l'abitazione, incurante della pioggia e della poltiglia di neve che, a tratti, ancora insozza l'asfalto.

Non è ancora arrivata, che un grosso cane nero, sbucato da chissà quale anfratto del cortile, si avventa tonante contro le sbarre, abbaiando a squarciagola e fulminando con gli occhi la Cabrini, che reagisce con un urlo e un salto indietro, poco fiduciosa del robusto cancello che la separa dalla belva.

«Che spavento mi hai fatto prendere, stellina» dice con la voce in affanno e il cuore tachicardico. «Come ti chiami, cucciolone?» e prova a riavvicinarsi all'inferriata, dove la bestia, a quanto pare indifferente a certe gentilezze e smancerie, la sta aspettando ritta sulle zampe posteriori e con le fauci digrignate.

«Allora, come ti chiami?» ci riprova la Cabrini, rimediando come unica risposta una schiumata di bava rabbiosa.

Si apre, intanto, una finestra al primo piano dell'abitazione, e si affaccia una donna di mezz'età, viso rinsecchito e capelli brizzolati in disordine. Ha un fare sospettoso: «Chi cerca?»

La Cabrini accenna un sorriso: «Miriam Vallari. Abita qui?»

La donna contrae il volto in una smorfia di fastidio: «Lei chi è?»

«Sono Betty Cabrini, una giornalista. Avrei bisogno di parlare con Miriam Vallari.»

«Una giornalista? Mia figlia non conosce giornalisti.»

«In realtà non ci conosciamo. Ma ieri mi è stato recapitato un pacco in cui c'era il nome di sua figlia. Vorrei capire perché.»

«Rimanga lì» il tono della donna non lascia spazio a repliche: «ora chiamo mio marito e scendiamo.»

«Ora chiama il marito e scendono» ripete la Cabrini rivolgendosi al cane, che la continua a seguire con fare falemico.

I coniugi Vallari compaiono in cortile dopo un paio di minuti: lei riparandosi con un ombrello, lui con la berretta di lana; lei con indosso un golfino di lana blu, lui con un giaccone marrone e imbottito. Lei ha lo sguardo truce, lui remissivo.

'Facile capire chi dei due comanda' ironizza fra sé la Cabrini.

«Dunque?» si impone subito la donna a muso duro: «Cos'è questa storia del pacco e di mia figlia?»

«Già» aggiunge con un certo disagio il marito.

Il cane tace.

«Preferirei parlarne direttamente con Miriam» azzarda la Cabrini.

«Non c'è» replica la donna «è all'estero.»

«A studiare?»

Nessuno dei due risponde. Segue qualche istante di silenzio, in cui la Cabrini e i coniugi Vallari si scrutano a vicenda.

È la madre di Miriam a riprendere la parola: «Mi dica di quel pacco.»

«Quel pacco» esita la Cabrini «l'ho trovato ieri davanti alla porta di casa. Non c'era il nome del mittente e nemmeno del destinatario. Dentro c'erano... c'erano un reggiseno, un palloncino sgonfio e un foglio con il nome di vostra figlia. Ah, c'era anche una frase di Sartre.»

I volti dei due si contraggono simultaneamente, poi si lanciano una rapida occhiata, infine la donna serra i pugni: «Se ne vada subito, o libero il cane.»

«Ma...»

«Se ne vada!» comincia a urlare la donna, accompagnata dai latrati dell'animale.

La Cabrini indietreggia lentamente, poi si volta e fugge verso l'auto, vi entra, infila le chiavi e dà un'ultima occhiata ai Vallari e alla loro casa. E per un istante ha la sensazione che qualcuno, dal secondo piano, la stia spiando da dietro le tende di una delle finestre.

«E non hai capito chi ci fosse là dietro?»

«No, è stata l'impressione di un istante. Chiunque fosse a quella finestra, si è ritratto non appena ho alzato gli occhi.»

«Forse era proprio quella ragazza...»

«Forse. Di certo, quando ho detto che cosa c'era nel pacco, sua madre è diventata più feroce del loro cane. E non credo che fosse per la frase di Sartre.»

«Già. Più facile che fosse per il reggiseno.»

«Lo credo anch'io.»

«Anche se non è semplice capire perché hanno reagito così.»

«Forse dovremmo considerarlo un simbolo assieme al palloncino sgonfio, che potrebbe a sua volta rappresentare un seno.»

La Cabrini è seduta a un tavolo della *Crazy Tower*, in compagnia di Luiso De Vito, Adelmo Rocchi, tre birre medie e i Led Zeppelin che, con la loro *Stairway to Heaven*, stanno facendo da sottofondo.

Entrambi ventitreenni, Adelmo è etiope e figlio adottivo, Luiso è italiano e figlio di un ispettore di Polizia. Il primo è fidanzato con Morgana, prosperosa cameriera della *Crazy Tower*, il secondo è single non per scelta ma, come da sua autodefinizione, perché è un irriducibile sfigato.

La Cabrini li ha conosciuti un annetto fa, in occasione dell'omicidio di Vanessa Moruzzi, una bellissima ragazza uccisa in un vicolo nei pressi della *Crazy Tower*. I due giovani avevano assistito agli ultimi istanti di vita della donna e la loro testimonianza aveva convinto la giornalista a indagare sul caso. Assieme a loro, ovviamente, e a Emiliano Leda. Da quel momento, l'amicizia tra la giornalista e i due giovanotti è diventata un legame fondamentale per tutt'e tre.

Sono le cinque e mezzo del pomeriggio e il locale è piuttosto affollato e chiassoso. Ai tavoli ci sono soprattutto adolescenti e poco più che ventenni, con qualche cliente *senior* tra cui, oltre alla Cabrini, un gruppetto in giacca e cravatta, che celebra a prosecchi la fine della settimana lavorativa.

Al contrario di Betty e di Luiso, Adelmo è giocondo e silenzioso, immerso com'è nei piaceri del palato indotti da una baguette farcita con ogni ben di dio, ma soprattutto sprofondato nella beatitudine del cuore che gli sta restituendo lo sguardo innamorato sulla sua Morgana. La giovane si sta destreggiando a fatica fra un tavolo e l'altro, trasportando vassoi colmi di caraffe di birra e lanciando, di tanto in tanto, sbirciate di adorazione al suo cavaliere.

Sul metro e settanta, capelli scuri, lunghi e lisci, la cameriera ha un corpo piuttosto esile, che crea un intrigante contrasto con la procacità del seno. Gli occhi verdi, intensi e uno sguardo che esprime grinta, arguzia e sensualità.

«E piantala di guardarla, che la consumi!» lo sfotte Luiso. «È da quando siamo arrivati che le tieni gli occhi addosso. Torna fra noi mortali.»

L'etiope fa lo sguardo languido dell'amorino, intrecciandosi un ricciolo fra le dita: «Hai ragione, amico mio. Ma lei per me è unica, il resto è *soltanto* mondo!»

«Oh, Jesus! Ecco i danni dell'amore» e Luiso si gira verso la Cabrini, alza la birra al cielo e, sconsolato, ne butta giù un lungo sorso.

Lo stesso fa la giornalista, che poi riprende a parlare: «Non credo che quella ragazza sia all'estero, come mi ha raccontato la madre. Ho avuto l'impressione che la donna mi abbia rifilato la prima scusa che le è passata per la mente. Quando ho chiesto se fosse via per studio, né lei né il marito mi hanno risposto.»

Adelmo distoglie per un istante gli occhi dalla sua amata e le bianche fauci dalla baguette. «Be', se è ancora da queste parti, non sarà difficile scoprirlo.»

«Che intendi dire?» gli chiede la Cabrini.

«Quanti abitanti ha Pozzaglio, un migliaio?»

«Immagino di sì.»

«In un posto del genere tutti si conoscono. Basta andare al bar del paese e chiedere.»

«Lo credo anch'io» aggiunge Luiso.

La Cabrini si alza in piedi: «Be', allora cosa aspettiamo?»

«Subito?» chiede il giovane De Vito, con un certo disagio.

«Certo! Perché, avete altro da fare?»

«Adelmo non so, a parte consumare con gli occhi la sua amata. Io invece...»

«Tu invece?»

«Io sto aspettando una persona. Dovrebbe arrivare a minuti.»

«Scusami, non intendevo farmi gli affari tuoi. Vorrà dire che andrò da sola.»

«No, cos'hai capito?» le sorride Luiso «piacerebbe anche a noi venire. Solo che...»

«Solo che?»

«Solo che... potresti aspettare qualche minuto? Incontro quella persona, poi andiamo. D'accordo?»

«D'accordo, ma quanti misteri!»

Emiliano Leda

Il solito viaggio del cazzo.

Trecento chilometri a sacramentare contro improbabili piloti di Formula Uno, gente che supera da destra e camionisti frettolosi e prepotenti. Un'autostrada che somiglia all'anticamera dell'inferno, visti i dannati che la frequentano.

Non ho neppure pranzato, pur di arrivare subito qui, alla *Crazy Tower*. Non per la birreria, ovviamente, che una volta aveva birre di marca, ottima musica e un arredo sobrio e spartano, mentre ora continua ad avere birre di marca e ottima musica, ma anche un arredo pacchiano e caotico di lampadari, lampade cinesi in carta di riso, matrioske e Buddha sui pensili, pareti da cui ciondolano maschere apache, specchi rococò Luigi XV, poster di James Dean, Totò, Dracula e Gesù Cristo in croce, con buona parte dei tavoli e delle sedie in ferro battuto e il resto in stile *Arnold's di Happy Days*. E un proprietario tracagnotto, con un muso canino che sembra scolpito nella roccia e pochi capelli raccolti in una ridicola mezza coda, ma per fortuna anche una bella e procace cameriera di nome Morgana: beato Adelmo che ci si può baloccare assieme.

Non sono qui per la birreria, dunque, ma per Betty e per quel cazzo di pacco che le hanno mollato davanti alla porta di casa. Le voglio bene, anche se spesso ci prendiamo a male parole, e confesso che un po' mi piace pure, accidenti al suo fascino di quarantenne e ai suoi gusti sessuali...

Ogni tanto ci provo ugualmente, ostentando l'arroganza tipica del maschio che confida nell'onnipotenza del proprio *aggeggio*; e ogni volta lei mi manda a quel paese, frustrando così le mie velleità di trentacinquenne insaziabile e irresistibile.

Gli unici a sapere del mio arrivo sono Luiso e Adelmo, mentre a Betty non abbiamo detto nulla, per evitare che provasse a fermarmi.

Ora sta piovigginando, ma ai bordi delle strade spiccano ancora parecchie montagnole di fanghiglia nevosa.

Entro e la prima persona che incontro è proprio Morgana: «Ciao, Emiliano» mi dice con un bel sorriso.

«Ciao, come stai?» e intanto penso: 'Che tette, ragazzi!'.

«Bene, grazie. E tu?»

«Non c'è male.»

Ci abbracciamo per un bacio sulle guance, e io la cingo con un certo vigore, così da farmi notare da Adelmo, che già mi ha visto e mi sta sorridendo con un'evidente gelosia stampata sul muso.

Dietro al bancone c'è il proprietario dal grugno canino e una donna di mezz'età, mentre in sala, oltre a Morgana, c'è un'altra giovane cameriera, peraltro niente male pure lei.

Faccio una gincana fra i tavoli e mi avvicino a *Betty&Co.*

Lei è di spalle e non mi ha notato. E forse è convinta che l'etiope stia sorridendo alla sua pupa, visto che ancora non si è voltata verso di me e continua a parlare con Luiso, che invece mi ha già adocchiato ed è il primo ad alzarsi per salutarmi.

Mi tende la mano: «Emiliano, ben arrivato.»

«Grazie, Luiso!»

Finalmente la mia amica si gira e mi vede. Si leva di scatto e mi viene incontro come un *Panther* tedesco: «E tu che ci fai qui?»

«Sono giunto in tuo soccorso, sorella.»

Ci abbracciamo a lungo e lei mi riempie il volto di baci, sfiorandomi più volte la bocca.

«Vacci piano, amore mio, ancora qualche bacio e mi dimentico che sei lesbica.»

Lei si slega dall'abbraccio e mi allontana con una spinta: «La solita testa di cazzo. Un po' di rispetto, accidenti.»

Sembra seriamente arrabbiata. Adelmo e Luiso ridacchiano.

«Scusami, sorella» e le sorrido col fare del bietolone.

Si riavvicina e riprende ad abbracciarmi e baciarmi. Io me ne sto zitto e godo in silenzio.

Saluto anche Adelmo, recupero una sedia e mi accomodo al loro tavolo.

«Ecco chi era il tuo misterioso appuntamento» dice Betty all'indirizzo di Luiso, con un tono di bonario rimprovero «dovevo intuirlo.» Lui arrossisce.

«Emiliano non voleva che tu cercassi di persuaderlo a non venire.»

Betty mi accarezza la pelata, un gesto che di solito mi manda in bestia.

«Tesoro! Ma quanto ti voglio bene? A questo punto, però, ti devo raccontare le ultime novità» e mi spiega di essere stata a casa della ragazza e di aver parlato con i suoi genitori. Mi dice anche che vorrebbe andare in un bar di Pozzaglio a raccogliere informazioni sulla fantomatica Miriam Vallari.

«Che ne pensi?» mi chiede infine.

«Che ne penso? Non vedo alternative.»

«Bene, allora possiamo andare.»

Si leva in piedi, recupera il suo pastrano nero, la sciarpa e il basco e prende la via dell'uscita.

«Betty, cazzo, mi sono appena seduto.»

Lei finge di non sentirmi e obbliga me e Luiso a rincorrerla zigzagando fra i tavoli, mentre il povero Adelmo si avvicina alla sua amata, le dice qualcosa in un orecchio, si tormenta un ricciolo, le dà un casto bacio sulle labbra e ci raggiunge fuori dalla birreria.

I quattro arrivano all'auto della Cabrini. Emiliano si siede al suo fianco, Luiso e Adelmo dietro. Dopo mezz'ora sono a Pozzaglio. Cercano e trovano il bar del paese, smontano e si avvicinano al locale, mentre continua a piovigginare.

«No, meglio di no!» si blocca all'improvviso la Cabrini, prima di entrare.

«Meglio di no, cosa?» si infastidisce Emiliano.

«Meglio non andare tutti assieme, daremmo troppo nell'occhio. Vado da sola, mi sarà più facile scambiare due chiacchiere col proprietario. Se poi è una donna, tanto meglio» e strizza l'occhio. Poi si dà una passata di lingua sulle labbra e riparte verso il bar: «Voi aspettatemi in macchina.»

«Tanto valeva che venisse da sola» si lamenta Adelmo, che di certo avrebbe preferito restare alla *Crazy Tower* a rimirare le sinuose forme della sua cocca.

«Già» si limita a commentare Luiso.

«Betty dovrebbe smetterla con gli alcolici» ci va giù duro Emiliano, mentre i tre rimontano in auto.

Dieci minuti dopo, lei riappare. Sorride come un'adolescente innamorata. Sembra soddisfatta. Apre la portiera, sale e inizia a fischiettare.

«Hai fatto colpo sulla barista?» la punzecchia Emiliano.

«Neanche per idea! E comunque era un uomo.»

«Sul barista, allora?» ci riprova lui.

«Nessun colpo di fulmine, caro pelatone malizioso. Anche se il mio charme mi è stato di grande aiuto.»

Accende l'auto.

«Quel tipo mi ha raccontato che Miriam Vallari sta vivendo chiusa in casa da parecchi mesi. Ne è sicuro, gliel'ha raccontato uno zio della ragazza, anche se non gli ha spiegato il perché della clausura.»

«Ora andiamo a sentire cosa hanno da dirci in proposito i suoi genitori» dice la Cabrini, dando una lunga accelerata.

«Neanche per idea» ribatte Emiliano «con quale diritto vai a chiedere perché la loro figlia non esce più di casa?»

«Col diritto di chi ha ricevuto un pacco anonimo in cui veniva nominata quella ragazza» si inalbera lei. «Ti pare poco?»

«Mi pare stupido, più che altro. Non credi che quella gente sia libera di fare ciò che vuole? E comunque, sai benissimo che non sono stati loro a mandarti quel malloppo.»

Interviene Luiso, col suo fare da universitario secchione: «Sono d'accordo con Emiliano. A meno che tu non abbia sporto denuncia contro ignoti. Ma a quel punto spetterebbe alla magistratura chiedere spiegazioni alla famiglia Vallari, non a noi. Noi dobbiamo rimanere entro determinati confini.»

La Cabrini si inacidisce ancora di più: «Quanto siete petulanti. Cosa vi ho portati a fare?» La sua guida si fa più frettolosa.

«Me lo chiedo anch'io» mugugna Adelmo, e continua a sognare la sua fata.

A Emiliano va il sangue alla testa: «Senti, Betty, se farti ragionare ti infastidisce, riportaci indietro e va' a farti fottere!»

La Cabrini lo guarda, poi accende l'autoradio a tutto volume su un canale *qunz qunz qunz*, che inizia a scuotere l'abitacolo e il cervello degli altri tre mentre lei finge indifferenza, fischiettandoci sopra.

Emiliano non la prende bene. Tira una gran manata sul cruscotto e poi un'altra e un'altra ancora, fino a quando la giornalista si decide a spegnere quella tortura.

Segue un lungo silenzio.

La Cabrini, intanto, ha rallentato e accostato l'auto. Apre la portiera, scende e si accende una sigaretta. Gli altri tre la osservano frastornati, mentre un cane inizia ad abbaiare dall'altra parte della strada. È grosso, nero e feroce, ma al sicuro in un cortile circondato da un'inferriata acuminata. Ha riconosciuto la giornalista.

Emiliano intuisce a chi appartenga la casa di fronte a loro. «Non ci posso credere» dice fra i denti. Si volta verso la coppia *Delmo&Luis*, pure loro increduli e sconsolati, poi scende dall'auto come una furia, si incolla al muso della Cabrini e inizia a berciare come un invasato: «Betty, sali su quella cazzo di macchina o giuro che ti prendo a pedate nel culo!»

Lei gli risponde con una smorfia di finto terrore e uno sbuffo di fumo sul volto, poi fa un passo indietro e gli lancia uno sguardo di sfida.

Emiliano serra i pugni, sfiata condensa e ruggisce, poi carica la gamba destra come un karateka e libera una pedata rabbiosa a pochi centimetri dal viso imperturbabile della Cabrini. Infine, si volta e torna verso l'auto, sacramentando come il dio degli inferi.

«Finisco la sigaretta e arrivo» lo rassicura ironica la Cabrini.

Il cagnone seguita ad abbaiare.

Si apre una finestra al primo piano e si sporge la padrona dell'animale. Da un'altra finestra, ma al secondo piano, si intravede una figura femminile dietro a una tenda leggermente scostata.

La Cabrini alza la testa ed entra in fibrillazione: «Eccola! Là in alto.» Molla la sigaretta a terra, si volta verso l'auto e riattacca a strepitare con l'indice puntato verso la casa: «Quella finestra, dietro la tenda. È lei, Miriam!»

Il cagnone latra con più vigore. Emiliano, Adelmo e Luiso scendono dall'auto e la donna alla finestra tuona: «Chi siete?» Poi riconosce la Cabrini e aggiunge: «Sempre lei! Cosa vuole ancora? Se ne vada subito o chiamo i carabinieri!»

Compare anche il marito, ma giù in cortile: «Ora libero il cane» intima l'uomo e, senza attendere una risposta, spalanca il cancello.

La bestia non aspettava altro: bava alla bocca, esce dal cortile e si precipita come una furia verso la Cabrini e gli altri tre che, a scanso di ogni stupido e inutile eroismo, si infilano rapidi in auto.

La giornalista attacca il motore e, sgommando come un bulletto di periferia, riparte verso Cremona.

«Un altro scherzo del genere e me ne torno nel Nordest» le sbraita Emiliano, ancora col fiatone.

Arrivano alla *Crazy Tower* che sono quasi le otto di sera.

Adelmo ritrova il sorriso. I quattro entrano e lui inizia a sbandierare il braccio destro per catturare lo sguardo di Morgana, che sta serpeggiando fra i tavoli tenendo stretto un vassoio stracolmo di cibarie e bevande. Anche il locale è stracolmo, ma dei clienti più disparati, mentre *Angie* dei Rolling Stones sgomita per inserirsi nel parlottio confuso che risuona in ogni angolo.

La Cabrini e Emiliano sembrano più tranquilli, ora. Durante il viaggio di ritorno, i due hanno continuato a insultarsi, fino a giungere a un sofferto armistizio, che prevede che la giornalista, d'ora innanzi, la pianti di fare di testa sua e inizi a dare ascolto non solo a Emiliano, ma anche a Luiso e Adelmo. In caso contrario, il pelatone se ne tornerà seduta stante nel Nordest. Un armistizio che, tutt'e quattro già lo sanno, non durerà più di un giorno.

Arriva Morgana e accenna all'etiope un bacio sulle labbra.

«Non ci sono posti liberi» dice poi «ma se avete pazienza, fra qualche minuto dovrebbe liberarsene uno laggiù» e con gli occhi indica un tavolo in fondo al locale.

I quattro hanno pazienza, soprattutto Adelmo. Piazzati di fronte al bancone, si fanno intanto servire un giro di prosecchi e cominciano a beccare patatine, olive e arachidi. Dalla voracità dei loro gesti, sembrano reduci da un campo di concentramento.

Si avvicina Fausto, il proprietario della *Crazy Tower*, il cinocefalo dai pochi capelli e dal mezzo codino. Tiene in mano un telefono cordless.

«Chiedono di lei» e allunga l'apparecchio alla Cabrini, che invece se ne resta immobile con una manciata di arachidi nella mano destra e il flûte di prosecco nella sinistra. Fa la faccia stupita: «Di me?»

«Betty Cabrini è lei, no?»

«Certo che sono io, ma non capisco chi…»

L'uomo le mette il telefono nella mano destra, poggiato ancora sulle arachidi, poi le accenna un sorriso forzato e si allontana.

La Cabrini si porta il ricevitore all'orecchio destro, rovesciando a terra le noccioline: «Pronto?»

Le risponde un sussurro indistinto.

«Pronto?» ripete la giornalista, alzando la voce e turandosi l'orecchio sinistro per isolarsi dal resto del locale.

«Insisti, giornalista, insisti! O ti lasci spaventare da un povero cane di paese?»

«Chi parla?» sbraita la Cabrini.

«Insisti, Betty! Per ben due volte, oggi, sei fuggita. Insisti, giornalista!»

«Chi sei?» urla di nuovo la Cabrini «Chi sei?»

Emiliano le strappa di mano il telefono: «Pronto? Pronto?» Ma all'altro capo hanno già chiuso la comunicazione.

«Pronto?» riprova a vuoto Emiliano.

Posa l'apparecchio sul bancone, poi si rivolge alla Cabrini, che se ne sta a fissare un punto indefinito del locale: «Chi era?»

«Non so. Quel tizio, credo quello del pacco.»

«E cosa ti ha detto?» chiede inquieto Luiso.

«Di insistere. Me l'ha ripetuto più di una volta: di insistere e di non farmi spaventare da un povero cane di paese. Mi ha fatto capire di avermi seguita sia oggi pomeriggio che stasera.»

Luiso interpella Emiliano con lo sguardo.

Ma è Adelmo a parlare: «Quel tipo non è uno sprovveduto.»

Emiliano tira un pugno sul bancone: «E noi non ci siamo accorti di lui, cazzo» e pam! un'altra sventola.

Malgrado i Rolling Stones e il chiasso fra i tavoli, le urla e le gesta della Cabrini e di Emiliano hanno catturato l'attenzione di alcuni clienti.

Torna il proprietario della birreria: «Problemi?»

«Come si è presentata la persona al telefono?» gli chiede la Cabrini.

«Non si è presentata. Mi ha soltanto detto che voleva parlarle e che sapeva che lei era qui. Niente di più.»

«Ci stava seguendo» dice Adelmo.

Intanto arriva Morgana, per dire che un tavolo si è liberato.

«Andate voi» dice la Cabrini «io me ne torno a casa» e si allontana verso l'uscita.

Emiliano la segue: «Vengo con te, prima che te ne vada in giro a combinare altri casini.»

Adelmo e Luiso sono seduti al tavolo in fondo alla sala, la loro postazione preferita fino a un annetto fa, vale a dire fino al fidanzamento di Adelmo con Morgana. Da lì, i *Del-mo&Luis* controllavano l'affluenza e i movimenti delle ragazze, a quel tempo ancora assenti nel palinsesto della loro esistenza. Ma ora non è più così, almeno per Adelmo. L'etiope, infatti, è legato a Morgana e di trascorrere una serata a commentare il campionario femminile della *Crazy Tower* non gli passa neanche per l'anticamera del cervello. Di stare a contemplare con fare estatico la sua pupa, quello sì, gli interessa, e pure molto; e magari non solo per l'intera serata ma finché morte non li separi e anche oltre. Onnipotente permettendo, ovvio.

A Luiso, viceversa, andrebbe pure di accompagnare con apprezzamenti vari l'ingresso e gli spostamenti nel locale delle giovani avventrici, ma questo non è uno sport da giocare singolarmente, bensì in gruppo o perlomeno in coppia.

E comunque, oggi ci sono le ultime vicende a preoccupare i due, soprattutto Luiso, per cui se ne stanno quieti davanti alle rispettive caraffe di birra, a due piadine strafarcite e a un vassoio di patatine fritte, condite col ketchup. Adelmo intercala ogni boccone con un'occhiata di adorazione alla sua bella, mentre Luiso lo osserva con un misto di invidia e di sincera complicità.

È un'amicizia che dura più o meno dalla culla, la loro. Un affiatamento fraterno che li ha resi inseparabili, al punto che i rispettivi genitori furono costretti, dalle scuole elementari al liceo, a iscriverli alla stessa classe. Solo l'università li ha portati a due indirizzi diversi: *Legge* Adelmo, *Filosofia* Luiso. Università che i due stanno ancora frequentando.

Sul metro e ottanta, fisico tonico, capelli ricci e neri, l'etiope è stato adottato a due anni. Luiso, invece, più basso, capelli corti, folti e castani, porta gli occhiali su un naso sottile e appuntito, al centro di un volto scarno e ossuto come il resto del corpo. Soffre da sempre per il suo infelice nome di battesimo. E come dargli torto, visto che a dispetto dei vari Nicolas, Jonathan e Kevin, nomi assai diffusi fra i suoi coetanei, il suo non reggerebbe ad alcun maschio confronto. I suoi genitori lo avevano deciso, sicuri che lui sarebbe nato femmina. Una certezza che non derivava da un normale esame ecografico, bensì da un'anziana donna di Taranto, città di origine dei due, che dando un'occhiata alla pancia gravida di Concetta De Vito, madre di Luiso, aveva sancito: «Vèndra tònne, jè fèmene!»

Pancia tonda, è femmina aveva spinto i futuri genitori a promettere a nonna Luisa, madre dell'ispettore Antonio De Vito, che avrebbero dato il suo nome alla loro figliola. Tuttavia, quando l'ostetrica annunciò la nascita di un bel maschietto – forse un po' sotto peso, due chili e sei, ma sempre maschietto era – i novelli genitori esclamarono: «E ora come lo chiamiamo?» Ma visto che la promessa a nonna Luisa era stata fatta, i coniugi De Vito decisero di battezzarlo *Luiso*. Un nome che, legato a quello del suo amico etiope, sarebbe diventato ancor più pesante qualche anno dopo, più precisamente nel 1991, con l'uscita di uno dei film cult della storia del cinema: *Thelma e Louise*. Fino ad allora, infatti, la gente si era limitata a sorridere a quei due bambini inseparabili, l'uno nero e l'altro con uno strano nome. Ma da quel momento, i due cominciarono a essere scherzosamente associati alle nuove eroine del grande schermo, con il binomio di *Delmo&Luis*. Un tormentone tuttora in voga e che diventa una subdola minaccia ogni qualvolta i due si presentino a uno sconosciuto.

«Una faccenda davvero strana» sospira inquieto Luiso.

«Quale?» chiede Adelmo, con lo sguardo fisso sulla sua Morgana, ferma a un tavolo per una nuova ordinazione, mentre Janis Joplin si sta sgolando con *Piece of my Heart*.

«Quale?!» strabuzza gli occhi Luiso. «Secondo te, di quale faccenda sto parlando?»

«Non so, dimmi tu» e, in un colpo solo, Adelmo infilza con lo stecchino tre patatine annegate nel ketchup, le mette sotto i denti e si passa un tovagliolino di carta su bocca e mento.

Luiso si riaccomoda gli occhiali sul naso: «Ti dicono niente il pacco ricevuto da Betty, il giro che ci siamo fatti a Pozzaglio e la telefonata qui in birreria di un quarto d'ora fa?»

«Ah, *quella* faccenda! Già, molto strana» poi torna ai suoi impegni di cuore e di gola.

«Tutto qui, non sai dire altro?»

«Cosa vuoi che ti dica?» butta giù una lunga sorsata di birra. «Il reggiseno, il palloncino e la frase di Sartre» si fa un altro spiedino di patatine e continua biascicando: «di certo hanno un significato simbolico.»

«Grande scoperta!» ironizza l'occhialuto.

«Un significato» continua Adelmo «che può essere svelato solo conoscendo quella ragazza.»

«Altra grande scoperta!»

«E comunque, credo che ci sia una correlazione tra il palloncino sgonfio e la frase di Sartre. Tu che sei un aspirante filosofo, ti risulta che Sartre abbia mai scritto di palloncini mosci?»

«Stai scherzando, vero?»

L'etiope attacca a ridere: «No, perché?»

«Lascia perdere! Va' pure avanti a tampinare la tua fatina e a ingozzarti di patatine. E taci.»

«Allora tornerò serio, permaloso amico dal viso pallido.» Ingolla un altro po' di birra e riprende: «Sai qual è la cosa che più mi sorprende di questa storia?»

«Sentiamo.»

«Che il nome di Miriam Vallari non compaia in alcun modo in Internet e neppure su Facebook: una cosa davvero strana. Oggi, se non sei sui social, rischi di non esistere.»

«Soprattutto se hai vent'anni.»

«A meno che...» Adelmo trafigge un altro paio di patatine, le infila in bocca, le accompagna dolcemente in gola con un goccio di birra, poi riprende a inseguire con lo sguardo gli slalom della sua amata.

Luiso lo scruta spazientito: «A meno che? Riesci a darmi retta per altri venti secondi?»

Adelmo si gira un ricciolo fra le dita: «A meno che quella ragazza non usi un nome fittizio.»

«Mmh... Se così fosse, non riusciremmo mai a trovarla.»

«Già.»

«A questo punto, vale la pena di mettere un po' d'ordine tra le cose che sappiamo.»

Adelmo sbadiglia.

«Che cosa sappiamo?» riattacca l'occhialuto, con fare accademico. «Che qualcuno vuole coinvolgere Betty in una questione che riguarda una certa Miriam Vallari, ragazza di vent'anni che vive nei dintorni di Cremona e che, a quanto pare, non sta uscendo di casa da qualche settimana, protetta all'inverosimile dai genitori. Giusto?»

«Domanda retorica» sbadiglia di nuovo Adelmo.

L'altro finge indifferenza, sorseggia birra, dà un morso alla piadina, si riassetta gli occhiali sul naso e riprende: «E cosa sta facendo, questo qualcuno, per chiamare in causa la nostra amica giornalista? Le manda un pacco con dentro un reggiseno, un palloncino sgonfio, una frase tratta da *L'essere e il nulla* di Sartre e il nome di quella ragazza.»

Adelmo, intanto, spazzolate patatine, piadina e birra, si guarda attorno alla disperata ricerca di Morgana, non tanto per un'improvvisa e travolgente brama d'amore, quanto per un'irrefrenabile e volgare fame da reduce del Gobi. Lei, però, è troppo lontana e indaffarata per percepire lo struggimento di stomaco del suo amato, e così pure l'altra cameriera.

«Prima domanda» si chiede Luiso, totalmente disinteressato all'attacco di fame dell'amico. «Perché il "signor qualcuno" vuole coinvolgere proprio Betty?» Il giovane De Vito si toglie gli occhiali, inumidisce col fiato le lenti, le lustra con un fazzoletto, le alza controluce e osserva il resto del locale con l'espressione sghemba del miope senza correzione diottrica. Poi inforca di nuovo gli occhiali. Amy Winehouse, intanto, ha attaccato con *Rehab*.

«Altra domanda» continua Luiso «chi può aver mandato quel pacco?»

Adelmo tace. Incrocia lo sguardo di Morgana e le fa segno di avvicinarsi.

«Altra domanda, dicevo. Chi può aver mandato quel pacco a Betty? Lei ha parlato di un personaggio appostato di fronte al suo condominio. Chi era? Impossibile che fosse Miriam Vallari, visto che è donna e, oltretutto, non esce mai di casa.»

Morgana raggiunge il loro tavolo e il suo boyfriend le fa la voce soave: «Ciao, tesoro, mi porteresti un bis di patatine, una focaccia vegetariana e un'altra birra media?»

«Vuoto affettivo?» replica lei.

«Mai stato più sazio!» e i due si scambiano un bacetto furtivo. Poi la giovane raccoglie la caraffa e i piatti vuoti, per allontanarsi con passo spedito.

Il giovane De Vito fa un cenno di fastidio: «Posso continuare?»

«Sono tutto per te.»

«Bene. Dicevo che la persona vista da Betty davanti al suo portone di casa non può essere Miriam Vallari.»

«E se fosse suo padre?»

«Mmh... Quale oscuro motivo può spingere un padre a spedire a una giornalista un pacco che contiene il nome della propria figlia, oltre a un armamentario di oggetti strambi e indecifrabili?»

«Betty, però, lo ha percepito come un tipo remissivo rispetto alla moglie. Forse si sta muovendo per conto proprio, all'insaputa della consorte.»

«E per quale motivo?»

«Quella ragazza intravista alla finestra potrebbe non essere Miriam Vallari.»

«Che cosa intendi dire?»

«Che Miriam potrebbe essere sparita.»

«E ora suo padre vorrebbe farla cercare da Betty, senza dire nulla alla moglie? Boh, forse... Anche se, chiedere aiuto spedendo un pacco del genere, mi pare un po' stravagante. Ci sono modi più semplici e immediati. E comunque, quella ragazza non può essere sparita, suo zio ha confidato al barista del paese che la nipote non esce di casa da parecchio tempo.»

«Potrebbe aver mentito per nascondere la sua sparizione.»

«Meglio rivolgersi alla polizia, allora.»

«Be', dipende: dietro alla scomparsa di una persona potrebbero nascondersi motivi che una famiglia non intende rendere pubblici.»

Torna Morgana con birra e patatine e sorride ad Adelmo: lui paga, i due si sfiorano teneramente le mani, lei riparte fra i tavoli.

A casa della Cabrini si sta dibattendo sulle medesime questioni trattate da *Delmo&Luis*. Sul tavolo del soggiorno campeggiano un reggiseno push-up bianco, un palloncino sgonfio e un foglio di carta scritto a computer.

«Ci stava seguendo. Sia a Pozzaglio che in birreria. Prima mi ha mandato un pacco dal contenuto criptico e ora controlla che io indaghi. Perché è questo che vuole: io devo indagare per conto di un misterioso committente. Ma su cosa?»

La Cabrini è in piedi al centro del soggiorno, con un bicchierino di grappa in mano e un'espressione sbronza sul muso. Ogni tanto barcolla.

Il pelatone, invece, è sdraiato sul divano, con gli occhi chiusi, i piedi scalzi e la bocca spalancata, e non si capisce se stia dormendo, meditando o cercando di indispettire l'ex collega. Di certo, fino a mezz'ora fa la bottiglia di tequila che tiene fra le mani era intonsa, mentre ora è in caduta libera. Il loro litigio di Pozzaglio sembra dimenticato.

«Per adesso» riprende la Cabrini «proviamo a lasciar perdere le varie ipotesi su *chi* e *perché* mi ha fatto omaggio di quel pacco e mi ha telefonato alla *Crazy Tower*, e concentriamoci piuttosto sul contenuto, visto come si è imbestialita la madre di Miriam Vallari quando gliene ho parlato.»

Emiliano finge di russare.

La Cabrini storce la bocca, poi continua: «Proviamo a partire dalla frase di Sartre: *L'uomo è l'essere che progetta di essere Dio*. Sappiamo che è una frase tratta da *L'essere e il nulla*.»

«Per la precisione, è una frase che Sartre usa quando parla della costante aspirazione dell'uomo a essere Dio.»

«Dunque?»

Il pelatone dà una poppata alla tequila, fa schioccare la lingua e richiude gli occhi.

«Dunque?» ci riprova la Cabrini.

«Dunque, cosa?»

«Stavi dicendo di Sartre.»

Lui sbadiglia: «Cos'altro vuoi sapere?»

Lei si riempie il bicchierino, se lo scarica in gola, ondeggia un po', fa un piccolo rutto. «Sei tu che hai divorato quel libro all'università.»

«Forse stiamo bevendo troppo, Betty» e anche lui rutta, seppur con cadenza più maschia. «Sartre, dicevo, pur considerando assurda l'ipotesi dell'esistenza di Dio, è convinto che l'uomo non riesca a fare a meno di pensarlo.» Rutta ancora, si riaggancia alla bottiglia e riprende: «Essere uomo, secondo Sartre» e comincia a ridacchiare come un ragazzino «significa tendere a essere Dio. Anzi, secondo lui, l'uomo è desiderio di essere Dio!»

La Cabrini si avvicina seria e barcollante al divano, fa segno a Emiliano di farle posto, lui si mette su un fianco e lei si siede poggiandogli le natiche contro il bacino. Il pelatone ha un fremito di piacere.

«E quindi?» chiede la Cabrini. «Dopo tutta questa pappardella, mi sai dire cosa c'entra Sartre con una ventenne, un mio articolo, un reggiseno e un palloncino ammosciato?»

«Non so» dice Emiliano, con un filo di voce e tenendo gli occhi chiusi: il contatto col culo della Cabrini lo sta eccitando. «Non so.»

Riapre gli occhi, poggia una mano sul seno della giornalista e inizia a massaggiare, sussurrando maliziosamente ogni parola: «Di certo, quel palloncino simboleggia una tetta, una tetta sgonfia. Non come le tue, che sono ancora belle sode» e va avanti a palpeggiare, lasciandosi andare a sospiri di piacere.

Lei sembra starci. Tira indietro la testa e socchiude gli occhi: «È da un po' che non faccio sesso, Emiliano» si lamenta «ma i maschi non fanno proprio per me» gli afferra delicatamente la mano e gliela adagia sul fianco.

Lui continua a mugolare: «Betty» le lancia anche uno sguardo d'intesa e riprende a toccarla «non fare la stupida, lasciati andare. Mica sta scritto da qualche parte che sei lesbica» e si avvicina per baciarla.

«No, cazzo!» strilla lei, levandosi in piedi. «Sta scritto nel mio cuore, non insistere. Da quanti anni ci conosciamo? E tu ancora ci provi? È così difficile capirlo?»

«Io pensavo...»

«Cosa pensavi? Di avere una bacchetta magica nelle mutande?»

Lui si dà un'occhiata alla patta e, con un ghigno compiaciuto, ammira l'evidente turgore.

«In effetti...»

«Se vuoi sfogarti, sai dov'è il bagno...»

«Ora sei tu che mi offendi!»

«Lasciamo perdere, Emiliano. Sei sbronzo e anch'io lo sono. Dimentichiamo gli ultimi cinque minuti e andiamocene a dormire. Tu sul divano e io in camera mia. Le riflessioni su Miriam Vallari, con annessi e connessi, possono aspettare domattina. Buonanotte!»

Sabato

Emiliano Leda

Betty non è abituata ad avere uomini per casa. Tanto meno uno come me, uno che dà il buongiorno a suon di peti e con le mani sempre nelle mutande. È mattino, ho appena spalancato gli occhi e sento lei, di là in cucina, che si lamenta.

«Scusami!» le urlo con la voce ancora ingolfata «non credevo fossi già in piedi». Poi mi alzo dal divano, mi stiracchio con lo slancio di un novantenne, recupero dal borsone l'attrezzatura da toilette e ciabatto verso la cucina.

Betty sta trafficando con la moka.

«Bene, un caffè è proprio quello che mi ci vuole, ma prima vado al cesso, mi raso cranio e muso, e faccio bella doccia.»

Prendo la via del bagno.

«Datti anche una sgrassata alla bocca!» mi urla lei «hai l'alito che è una condanna».

«Sarà fatto, sorella.»

Torno dopo mezz'ora. Sono ancora in felpa e mutande.

Betty si è già bevuta due caffè, ma sta caricando un'altra moka da quattro.

«Ora capisco perché non hai una compagna fissa» mi dice.

Scuoto la testa perplesso.

Lei continua: «Corteggiare una donna con un'ouverture di peti non dà grandi risultati.»

«È vero, ma è un trattamento che riservo a poche.»

«Dunque mi consideri una donna di serie B?»

«Al contrario, tu sei una privilegiata.»

Mi sorride e cambia discorso. Il nostro equivoco di ieri sera sembra dimenticato.

«Ho chiesto a Luiso e Adelmo di cercare Miriam Vallari su Facebook.»

«Non avevi già guardato tu?»

«Certo, e non avevo trovato nessuno con quel nome. Ma che una ventenne non entri nei social network mi pare davvero impossibile.»

«Una ventenne, peraltro, che se ne sta tutto il giorno rinchiusa in casa.»

«Già. E visto che il suo nome non compare tra gli iscritti a Facebook, dobbiamo capire se stia usando uno pseudonimo e quale sia. Una ricerca che una "vecchietta" come me non è in grado di fare.»

«Potrei provarci io, ma lasciamo che se ne occupi chi sa davvero smanettare. Quando li hai sentiti?»

«Alle 9, prima del tuo risveglio coi "fuochi d'artificio".»

«Troveranno di certo qualcosa. Sempre ammesso che ci sia qualcosa da trovare.»

«Ci vedremo alla *Crazy Tower* oggi pomeriggio alle quattro. Nel frattempo cosa facciamo?»

«Ci beviamo il caffé in santa pace, poi io andrò a trovare i miei genitori, è da un po' che non li vedo. Pranzerò da loro. Vi raggiungerò alla *Crazy Tower*. Dopo le scoperte dei due internauti, vedremo cosa fare.»

Il citofono trilla: Betty va verso l'uscio, afferra la cornetta e chiede chi è. Poi preme il pulsante apriporta e torna in cucina.

«Il postino» mi dice con fare distratto. «Di cosa stavamo parlando?» Intanto avvita la moka.

«Stavamo facendo i programmi per oggi pomeriggio. Aspettiamo che Adelmo e Luiso ci facciano sapere se...»

«Il postino?» mi interrompe. Molla la caffettiera sul fornello e corre verso l'ingresso.

«Dove vai?»

«Il postino non passa più di sabato!» mi urla quando ormai è sulle scale e le sta scendendo tre gradini alla volta.

«Oh, cazzo!» e anch'io mi lancio in quella incauta discesa libera. Ma mi bastano poche falcate per ritrovare la mia cara amica stesa sul pianerottolo sottostante, che urla dal dolore dopo un pretenzioso salto triplo.

«Prosegui tu» mi ordina sofferente e contratta in posizione fetale.

Intanto si aprono gli usci di alcuni appartamenti: «Che succede? Cos'è questo chiasso? Allora, la piantate?» sento sbraitare da più parti.

Mi inginocchio al fianco di Betty: «Come ti senti? Tutto a posto?»

Lei è furiosa: «Non perdere tempo, corri giù e prendi quel bastardo.»

Non me lo faccio dire due volte e riprendo la mia corsa verso il portone. Quando arrivo all'ingresso, non trovo nessuno. La porta a vetri è chiusa. La apro, esco sul marciapiedi e guardo a destra e sinistra alla ricerca di non so chi. Vedo alcuni passanti che si riparano con un ombrello.

«Chi di voi ha suonato il campanello di Betty Cabrini?» e capisco che non potevo fare una richiesta più idiota. Quelli si voltano e iniziano a sghignazzare. Insisto: «Che cazzo avete da ridere? Vi ho fatto una domanda seria.»

«Tornatene a letto» mi dice uno di loro indicando le mie pudenda. E non ha tutti i torti, visto che mi sono presentato al resto del mondo in mutande, felpa e un paio di calzettoni da tennis. E sta pure piovendo a dirotto.

Metto le mani a conchiglia sul mio corredo genitale. «Che figura di merda» mi dico e, in preda alla vergogna e a un principio di assideramento, rientro di corsa nel condominio e richiudo la porta. Mi fermo nell'atrio a riprendere fiato e mi scivola l'occhio verso le cassette delle lettere. Mi avvicino e cerco quella di Betty.

«L'hai preso?» strilla lei dai piani alti.

«No» le dico con lo sguardo su un foglio che fa capolino dalla sua buca delle lettere. Lo sfilo lentamente, con la stessa cautela di un giocatore di Mikado.

Sento Betty che a fatica sta scendendo le scale.

«Allora, hai preso quel bastardo?» ci riprova.

«Ti ho detto di no.»

Apro il foglio. È la stampa di due foto, una in bianco e nero, l'altra a colori. La prima è il mezzobusto di una ragazza, la seconda è l'immagine notturna della finestra dei Vallari, quella da cui Betty ha intravisto una figura femminile.

Osservo meglio la foto della ragazza, che non mi pare un granché, con un naso piuttosto pronunciato, la bocca sporgente e i capelli neri e crespi.

Betty zoppica verso di me.

«Tutto bene?» le chiedo.

«Lascia perdere. Dammi qua, piuttosto» mi strappa di mano il foglio. «Miriam Vallari, finalmente... Di certo è lei.»

«Già. Un'immagine presa dalla sua carta d'identità.»

«Da chi ha la possibilità di accedere ai suoi effetti personali.»

«Che voce aveva il finto postino?»

«Maschile, come le altre volte.»

«Mmh... La logica suggerirebbe di tornare dai Vallari, ma il buon senso no. Sono sicuro che chiamerebbero i carabinieri.»

«A proposito di buon senso» Betty mi squadra dalla testa ai piedi «meglio tornare in casa. Io sembro una reduce di guerra, tu rischi una broncopolmonite e una denuncia alla buoncostume.»

«Appoggiati a me, sorella» e barcollando prendiamo la via delle scale. «Ma non potevi comprare casa in un condominio con ascensore?»

Di sabato e domenica pomeriggio, la *Crazy Tower* si trasforma in un microcosmo di culture, costumi e tendenze delle nuove generazioni, un'Iperborea di raver, punk, rapper, brutal, emo, truzzi e gothic lolite, con tanto di policromi vestimenti, criniere e maquillage.

Anche la colonna sonora cambia, e se in genere il locale propone i grandi classici del rock e della canzone d'autore, in questi pomeriggi diventa il tempio della tolleranza musicale, sul cui altare magnificare gruppi e artisti techno, indie, minimal, nu, death e viking metal.

Sono da poco passate le sedici e in questa moccolosa urban jungle ci sono anche Betty Cabrini e i suoi due giovani scudieri, Adelmo e Luiso, il primo come sempre con l'occhio stampato sulla sua bella, il secondo impegnato a relazionare sulle ultime scoperte in tema di Miriam Vallari.

La Cabrini è ancora dolorante per la caduta sulle scale, ma il suo scheletro pare integro. Tiene in mano l'ultimo reperto, il foglio che ritrae la ragazza in formato fototessera e la vista notturna della finestra di casa Vallari. I tre non hanno ancora ordinato, in attesa dell'arrivo di Emiliano Leda.

Il pelatone si fa vedere dopo cinque minuti, avanzando con passo dinoccolato e gli indici platealmente infilati nelle orecchie per isolarsi dalla psychedelic trance che sta girando ora. Ha la berretta di lana, il giubbotto e il resto dell'abbigliamento inzuppati di pioggia. Non sopporta da sempre l'ombrello, ma guai a dirgli che a volte sarebbe utile.

Si avvicina e intanto lancia un'occhiataccia a una tavolata di "malmessi ad arte", ognuno con una pinta di birra da camionista ungherese.

«Piove?» gli chiede ironica la Cabrini.

Lui finge di non sentirla e si toglie la berretta: «Che cazzo di musica... È impazzito il proprietario del locale?»

Gli risponde Luiso: «È la musica dei pomeriggi del fine settimana» e intanto osserva le gocce di pioggia che scendono sul volto di Emiliano. «Un inno alla fratellanza musicale, un coacervo di rumori indefiniti che simulano le atmosfere delle discoteche trendy. E, vista l'affluenza, mi pare che funzioni.»

Emiliano si toglie il giubbotto, si siede e si passa un tovagliolino di carta su cranio e grugno, mentre fa cenno a Morgana di avvicinarsi.

Interviene la Cabrini: «Non perdiamo tempo in chiacchiere inutili» sbandiera il foglio che tiene fra le mani «abbiamo problemi ben più seri di cui occuparci. Come stava raccontando Luiso, quella ragazza...»

Arriva Morgana. Sorride a tutti e infila una mano tra i riccioli di Adelmo. Lui deglutisce e sogna un naufragio con lei su un'isola deserta.

I quattro ordinano, poi Morgana si allontana e Luiso inizia il suo resoconto a Emiliano sulle ultime scoperte.

«Io e Adelmo abbiamo fatto un giro su Facebook e abbiamo scoperto che Miriam Vallari ha un suo profilo, anche se si fa chiamare *Miriam Pentesilea*.»

«Pentesilea?» chiede il pelatone.

«Già. È il nome di un personaggio mitologico che fu regina della Amazzoni.»

Emiliano finge stupore: «Addirittura.»

«E tu sai che alle Amazzoni...» lo interroga la Cabrini.

Lui sorride sornione: «...veniva tolto il seno destro per tirare meglio con l'arco. Sì, lo so, signora maestra.»

La "signora maestra" resta seria. «Il seno sembra essere il trait d'union di questo mistero. Prima il reggiseno e i palloncini sgonfi, e ora questo nome mitologico. Ma perché? Quale significato può avere?»

«Forse voleva due tette più grosse e il chirurgo estetico ha sbagliato l'operazione» scherza Emiliano.

«E se il seno simboleggiasse la maternità?» interviene più serio Luiso. «Intendo dire che quella ragazza potrebbe aver abortito costretta dai suoi genitori.»

«Si spiegherebbe la reazione rabbiosa di quei due» dice la Cabrini. «Anche se davanti al mio condominio io ho visto un uomo, così come ho sempre sentito una voce maschile, sia al telefono sia al citofono.»

«Qualcuno la sta aiutando» dice Luiso.

«E cosa ti starebbe chiedendo?» si fa finalmente sentire Adelmo, rivolgendosi alla Cabrini. «Se anche avesse abortito costretta dai genitori, tu come potresti rimediare, raccontando sul giornale la sua triste storia?»

«Tutto può essere» interviene Emiliano, con una chiosa da filosofo d'osteria, poi si rivolge a Luiso: «La sua immagine su Facebook è uguale a questa?» e indica il foglio tra le mani della Cabrini.

«No, c'è un'anfora di Exechias, un famoso ceramista dell'antica Grecia, su cui sono ritratti Achille che uccide Pentesilea, durante la guerra di Troia.»

Emiliano assume un'espressione assorta: «Achille che uccide Pentesilea, siete sicuri che "Miriam Pentesilea" sia davvero la Vallari?»

«Abbiamo cercato tutte le Miriam che risiedono a Pozzaglio, e lei è l'unica. Poi quel nome mitologico avrebbe a che fare col seno: un'associazione valida con gli oggetti del pacco.»

«Avete scoperto altro, se è iscritta all'università, chi sono i suoi amici, perché se ne sta chiusa in casa?» domanda ancora il pelatone.

«Non scrive altro di sé. La cosa più strana è che il suo profilo è senza amici.»

«Zero amici su Facebook? E cosa ci sta a fare?»

«Scrive poesie e le rende accessibili a tutti. Poesie intrise di tedio e dolore, versi che esprimono il pessimismo più cupo.»

«Delle schifezze» interviene impietoso Adelmo.

«In effetti non sono un granché» ammette Luiso. «Ne abbiamo stampata una, l'ultima che ha pubblicato» e porge un foglio a Emiliano, che inizia a leggere.

«*Vorrei essere invisibile al mondo e a me stessa, vorrei cavalcare un arcobaleno tutto nero, vorrei spegnere ogni stella dell'universo. Vorrei che ogni mia lacrima fosse un oceano in cui annegare il mondo, che ogni mia parola divenisse guerra, che ogni mio sguardo si facesse fiamma dell'inferno...* Credo che possa bastare» sospira Emiliano, levando gli occhi dal foglio. «Concordo con Adelmo: una schifezza.»

«Ciò non toglie...» prova a dire la Cabrini, subito interrotta dall'arrivo di Morgana.

La ragazza scarica birre e tramezzini, incassa il conquibus, dà un buffetto al suo cocco, lui fa le fusa e lei riparte nel dedalo della *Crazy Tower*.

La Cabrini riprende: «Dicevo che ciò non toglie» e intanto alza al cielo la pinta di birra «che Miriam Vallari stia terribilmente soffrendo.»

«Lo sapevamo già» dice Emiliano. «Una ragazza che non si schioda mai da casa è una ragazza che sta soffrendo.»

«Abbiamo chiesto la sua amicizia su Facebook» interviene Luiso «ma dubito che ce la darà. In ogni caso, le abbiamo anche scritto che abbiamo bisogno di parlarle di una questione molto seria.»

L'ora che segue non aggiunge un granché al corso delle indagini dei quattro. Tante ipotesi, poche certezze, un paio di alterchi tra la Cabrini ed Emiliano, qualche risatina e un ossessivo *qunz qunz qunz* a rimbombare nel locale e nelle scatole craniche dei nostri.

Verso le diciassette e trenta, la Cabrini decide di salutare e di tornarsene a casa, come anche fa Emiliano, mentre i *Delmo&Luis* preferiscono fermarsi ancora alla *Crazy Tower*.

Betty Cabrini è rilassata sul divano di casa. Le ossa le dolgono ancora parecchio. Sono le nove di sera, la giornalista ha già cenato e ora sta amoreggiando con un bicchierino di grappa. È l'ultima fornitura di Emiliano. Lo fa ondeggiare per qualche secondo, poi lo osserva controluce, lo benedice e lo tracanna in un colpo solo, raschiandosi gola e papille gustative, fino a piegarsi in due e iniziare a tossire come un cavallo. Con le lacrime agli occhi, risolleva dolorante il busto, schiocca soddisfatta la lingua e, in maniera altrettanto equina, si lascia andare a un nitrito di piacere, per poi riempire di nuovo il bicchierino.

Davanti a lei si erge la stazza a quarantadue pollici di un venditore di sigarette elettroniche al gusto di vapore aromatizzato, una sorta di succedaneo per fumatori incalliti o forse un capriccio per viziosi cibernetici. Il teleimbonitore si sta sgolando al pari di un invasato, con la fronte e il muso imperlati di sudore e ansimando come in un amplesso.

La Cabrini non è interessata all'articolo, ma da tempo ha scelto le televendite come efficace sedativo alle sue malinconiche solitudini serali. Oltre alla grappa, ovviamente.

«Meglio una trasmissione senza alcuna velleità, che uno stupido talk show mascherato da salotto per intellettuali» e ci beve sopra un cicchetto.

Anche perché stasera si sente particolarmente sola.

«Sola e impaurita...»

Non sentirti mai sola e impaurita, finché io sarò cittadino di questo mondo, sorella! le direbbe Emiliano Leda se fosse lì. Ma il pelatone ha deciso di dormire da mamma e papà, e se anche fosse lì, a lei non basterebbe per non sentirsi sola e impaurita.

«Ho bisogno di una compagnia femminile...» si duole con un'espressione lasciva.

L'ultimo suo vero amore risale a un anno e mezzo fa.

«E chi se ne frega del vero amore. Ho soltanto bisogno di due ore di sesso sfrenato. Niente di più» poi scuote il capo, alza al cielo un altro bicchierino e lo secca con tanto di tosse e mugolii.

La grappa sta facendo appieno il suo dovere.

«Il suo dovere? Ehi, mica sono ubriaca!» e mesce un altro po' di acquavite. «Mi sono fatta una sola birra alla *Crazy Tower* e due lacrime di grappa a casa.»

Nel suo stomaco il quarto bicchierino di grappa va alcolicamente a interagire con le tre birre che si è scolata nel locale.

«Ah, lasciamo perdere» dice infastidita, poi dà una rapida occhiata al teleimbonitore, alla ricerca di una spalla amica. Ma l'uomo non può darle retta, impegnato com'è a promuovere le sue sigarette virtuali.

«Allora va' a farti fottere anche tu» e si consola con un altro grappino, per poi tirare un gran rutto e sghignazzare come una strega. Si alza dal divano e barcolla fino al tavolo, recupera il reggiseno misteriosamente donatole e torna a sdraiarsi. Se lo gira tra le mani e inizia ad annusarlo con voluttà: «Sa di nuovo.»

Altra sniffata.

«Non è mai stato indossato, lo sentirei. Peccato» lo getta a terra infastidita. Chiude gli occhi e sbadiglia. Due minuti dopo, già russa a pieni polmoni.

Reggiseni intonsi, palloncini flosci e sfere turgide iniziano a volteggiare nella sua psiche obnubilata dal sonno e dall'alcool; e poi versi di Sartre, fototessere, molossi neri e rabbiosi, televenditori cibernauti e tabagisti, i coniugi Vallari, fiaschetti di grappa, tette, culi e passere; ma arrivano anche i profili Facebook di Emiliano, Adelmo e Luiso, accompagnati da una colonna sonora techno hardcore che ha come *groove* un trillo ossessivo di citofono, proprio come quello di casa sua, che negli ultimi venti secondi ha suonato per ben tre volte.

«Chi è?» urla lei, saltando in piedi con gli occhi sbarrati. «Chi è?» Fa passare in rapida successione ogni angolo della stanza.

Il citofono insiste impietoso.

«Il citofono?» Il suo cervello è ancora scombinato e una riga di sudore le sta scendendo sul volto. «Maledetto... Immagino chi possa essere. Maledetto!» Si precipita verso l'apparecchio. «Cosa cazzo vuoi, ancora? Fatti vedere e dimmi chi sei!»

«Betty?» le risponde una vocina intimorita. «Betty, sei tu?»

«Chi è?» sbraita ancora lei.

«Siamo Luiso e Adelmo.»

Silenzio.

«Voi? Ma che ore è?»

«Quasi le dieci di sera.»

«E cosa volete a quest'ora?»

«Non vorremmo averti disturbata, ma si tratta di una cosa importante. Molto importante.»

«Non preoccupatevi, sono sola. Magari mi aveste disturbato. Dai, salite!» Preme il pulsante apriporta.

Li accoglie sull'uscio: «Scusatemi, ma sono ubriaca come un tiramisù. Non sapevo cosa fare» ed esala un inebriante sbuffo.

«Non ti preoccupare» le dice Luiso. Il suo sguardo cupo fa pendant con quello di Adelmo. Il giovane De Vito tiene in mano un pacchetto avvolto alla bell'e meglio in una pagina di giornale.

Lei glielo strappa di mano e inizia a scartarlo. «E questo cos'è?» chiede nervosa.

«L'abbiamo trovato sul cofano del mio maggiolone» le spiega Adelmo. «Dopo che tu ed Emiliano ve ne siete andati dalla *Crazy Tower*, io e Luiso siamo rimasti un altro po'. Quando siamo usciti abbiamo trovato questa roba. Non abbiamo avuto il coraggio di aprirlo. Chi te lo manda sa che siamo tuoi amici.»

«Già» La Cabrini strappa la carta e shakera imprudentemente il nuovo misterioso regalo. I tre sono ancora sull'uscio. «Se avessero voluto ucciderci, l'avrebbero già fatto.» Dà un'ultima scrollata: «Non si sentono rumori particolari, ci saranno nuovi indizi su Miriam Vallari.»

Il pacco, identico al primo ricevuto dalla Cabrini, è un contenitore per scarpe, il cui coperchio è sigillato con varie strisce di nastro adesivo. La giornalista inizia a scollarle dalla scatola. I *Delmo&Luis* fanno un passo indietro, tornando sul pianerottolo delle scale.

«Non temete, amici miei, non ci succederà nulla» sorride sghemba la Cabrini. Solleva lentamente il coperchio e intanto sfiata etanolo.

I due tacciono e si rifugiano nell'apnea.

«Un altro palloncino moscio. E bianco» dice infastidita la giornalista, e sventola il reperto con due dita. Poi lo ripone nella scatola e recupera il resto. «Uno spillone e un altro foglio stampato» anche questo ripiegato e chiuso in una busta trasparente. La Cabrini la apre e attacca a leggere: «*L'uomo è ferocemente attaccato ai suoi desideri*. E c'è anche un nome: *Amilcare Cauzzi*.» Gira e rigira il foglio alla ricerca di chissà quali altri indizi, e fa altrettanto con la scatola.

«Non so proprio chi sia. Come Miriam Vallari.»

Domenica

Trovare l'indirizzo di Amilcare Cauzzi è stato semplice, visto che era sull'elenco telefonico ed era pure l'unico con quel nome e cognome.

«E se non fosse il "mio" Amilcare Cauzzi?» sta dicendo ora la Cabrini. «Tante scuse e arrivederci.» Socchiude per un istante gli occhi. «*L'uomo è ferocemente attaccato ai suoi desideri*. E la donna? Anche lei, soprattutto io!»

Sono le nove del mattino e la giornalista è rannicchiata sul divano di casa, con una tazza di caffè fra le mani e una moka da sei sul tavolino lì a fianco. Indossa una vestaglia corta, che in realtà è un kimono in raso da geisha giapponese, su cui spicca una fantasia floreale bianca, rossa e nera. Piedi e gambe sono nudi e prossimi all'assideramento, ma si sente talmente sexy da sopportare stoicamente il freddo mattutino. Anche perché "talmente sexy" non solo si sente ma lo è davvero, e nonostante i quaranta e rotti anni. Insomma, la Cabrini può ancora definirsi una bella donna: attraente, sensuale e dotata d'un fascino d'altri tempi. Una sorta di Alida Valli di mezz'età.

'Una gran gnoccolona' direbbe Emiliano Leda, 'una tigre *ruspante*' diceva Carla, la sua ultima compagna, quella che prima le aveva regalato il kimono Japan Style e poi l'aveva lasciata per una diciottenne.

«Già, Carla» sospira la Cabrini «di fronte alla redazione del giornale, me l'aveva confessato.»

È passato un anno e mezzo.

«'Ha vent'anni meno di me' mi aveva detto la stronza 'ma sento che sarà una storia importante'. Poi mi aveva girato le spalle e si era allontanata per sempre. Le due si vedevano da parecchie settimane.»

Ma quel kimono le è rimasto e di tanto in tanto le piace ancora indossarlo, per poi rimirarsi di fronte allo specchio o raggomitolata sul divano di casa. Soprattutto nei momenti di particolare vuoto affettivo.

«Vuoto affettivo, un cazzo! Mi manca solo il corpo di una bella donna. Nient'altro. Di smancerie sentimentali e romanticismi adolescenziali, ne ho fin sopra i capelli» e si versa un altro po' di caffè, la terza dose in cinque minuti. Un accenno di sorseggio, poi butta giù tutto d'un fiato.

«Ahhh! Amaro, nero e bollente: come la mia vita.» Allunga il braccio per riporre la tazza sul tavolino. «Brrr... Sarà anche bollente, ma non a sufficienza per scaldarmi le zampe. Meglio accendere i termosifoni, non ho più l'età per certi azzardi.»

Si leva in piedi, si dà un'energica sfregata alle cosce increspate dal freddo e sgambetta verso il termostato. Una rapida regolata, poi dà fuoco a una sigaretta e torna ciabattando sul divano. Si siede, tira su i piedi e si riaccorcia in posizione fetale, portandosi le ginocchia al petto.

«Al petto? Alle tette!»

Avvolge braccia e gambe in una stretta autoconsolatoria, piegando il capo in avanti e alzando leggermente il mento per non bruciarsi con la sigaretta che tiene fra le labbra. Chiude gli occhi e sbuffa fumo dal naso.

Fra un'ora passeranno a prenderla Adelmo e Luiso, e assieme andranno a trovare il misterioso Amilcare Cauzzi. Abita in un vicolo dalle parti di piazza Risorgimento, meglio conosciuta come Porta Milano, nei pressi della stazione dei treni. Lo hanno scoperto ieri sera, dopo che i due amici si erano presentati a casa sua con un nuovo pacco sottobraccio. Benché fosse sbronza, la Cabrini ha afferrato e sfogliato l'elenco telefonico e in un istante ha rintracciato l'indirizzo e il numero per contattare quell'uomo. Avrebbe potuto chiamarlo subito, ma una telefonata a quell'ora le avrebbe aumentato non di poco le probabilità di essere mandata a quel paese.

«Meglio incontrarlo di persona, molto più semplice per iniziare una conversazione.»

Vuole evitare che le cose vadano come con i Vallari.

«Vero, ma mica avrà una belva inferocita pure lui?»

Emiliano non sa ancora nulla del secondo pacco.

«Quando lo saprà, si offenderà di sicuro. Ma chi se ne frega: gli voglio un gran bene, ma a volte è davvero insopportabile. Soprattutto ultimamente. Lasciamo che se ne stia un altro po' da mamma e papà, alle sue sfuriate penseremo poi.»

È ora di prepararsi. Adelmo e Luiso arrivano sempre in anticipo agli appuntamenti.

La Cabrini tira una lunga boccata di sigaretta, poi la spegne nella tazza del caffè e resta per qualche istante a osservare la breve agonia del mozzicone sfrigolante e schiacciato sul fondo.

Si guarda attorno e pensa che sarebbe ora di rassettare la casa da cima a fondo: «Da quanto tempo non passo lo strofinaccio sul pavimento? Meglio che mi procuri una donna di servizio. A ognuno il proprio mestiere.»

Si alza di nuovo, calza le babbucce, afferra la moka e la tazza, le riporta in cucina e infine raggiunge il bagno.

I due ragazzi arrivano un quarto d'ora prima, a bordo del maggiolone giallo dell'etiope. Luiso non s'è mai deciso a prendere la patente, un po' per negligenza e un po' per la sua naturale propensione a estraniarsi dal resto del mondo, ogni qualvolta gli giri per la testa una questione filosofica, politica o d'altro genere. Cioè sempre. Distrazioni che si rivelerebbero assai rischiose per la vita del giovane occhialuto, oltre che per quella della popolazione urbana, motorizzata e no, nel caso lui si muovesse in macchina.

Il cielo è grigio topo e il freddo è cane, ma perlomeno non sta piovendo e neppure nevicando. Nell'abitacolo del maggiolone risuona un vecchio disco di Alice Visconti.

«Dovrai deciderti a prendere la patente, prima o poi» dice Adelmo. «Da quando sto con Morgana, non riesco più a scarrozzarti in giro come una volta.»

«Taci o potrei farti una scenata di gelosia.»

«Non sto scherzando, Luis. Se Morgana non fosse impegnata sette giorni su sette alla *Crazy Tower*, io e te ci incontreremmo molto meno.»

Luiso contorce il volto in una finta espressione di dolore: «Vuoi dire che preferisci lei a me? Ingrato, dopo quello che c'è stato fra noi due.» Torna serio, o quasi: «Mi cercherò un altro chauffeur, preferibilmente bianco. La servitù di colore mi sta venendo a noia.»

«Ah, lasciamo stare. Smonta e suona, Betty ci starà aspettando impaziente.»

«Siamo in anticipo, la troveremo ancora in pigiama, se non a letto.»

E invece no. La giornalista è già pettinata, profumata e soprattutto vestita di tutto punto, non più con i soliti pastrano, basco e sciarpa nera, bensì con un lungo piumino argenteo, con cintura in vita e cappuccio bordato di pelliccia sintetica. In testa sfoggia un cappello bordeaux in feltro, che fa pendant con la borsetta e il boa in lana avvolto al collo. Appare in strada sorridendo.

«Wow, che schianto!» commenta Adelmo dal posto di guida.

«Mi sa che me la sognerò anche stanotte» mormora Luiso, deglutendo.

«Che cazzo stai dicendo, Luis? Vuoi forse dire che tu...»

«Occhio, che sta arrivando.»

Luiso apre la portiera, smonta, saluta la Cabrini e risale sul sedile posteriore, lasciandole il posto a fianco di Adelmo.

«Che cavaliere d'altri tempi» sorride lei «ce ne fossero.»

Messere Luiso arrossisce, mentre il fetente chauffeur Adelmo lo scruta divertito dallo specchietto retrovisore, cominciando a intuire la sbandata che l'amico si è preso per l'affascinante quarantenne.

'Troppo vecchia per Luis' pensa l'etiope. 'Senza contare che è pure lesbica. Però, chissà... Io tifo per lui.'

«E ora andiamo a conoscere il nostro oscuro amico» dice la Cabrini.

Nei dieci minuti di strada che vanno dall'abitazione della giornalista a quella di Amilcare Cauzzi, i tre ripassano ciò che già si erano detti ieri sera, subito dopo l'apertura del pacco. Vale a dire: «Cosa c'entra questo tizio con Miriam Vallari? E se, nel caso della Vallari, il palloncino poteva simboleggiare il seno e forse la maternità, non di certo per uno che si chiama Amilcare.»

Parcheggiano a una trentina di metri, poi raggiungono il vicolo, una stradina senza uscita e circondata da caseggiati dei primi del Novecento. Trovano il numero civico, un portoncino spalancato che dà su una lunga rampa di scale. Scorrono la fila di campanelli. C'è anche quello di Amilcare Cauzzi: non c'è il citofono.

«Saliamo» dice la Cabrini.

Salgono.

L'uomo abita al primo piano. I tre si guardano in faccia, poi la giornalista suona il campanello.

«Chi è?» chiede da dentro una voce femminile dopo qualche secondo.

«Buongiorno, sono una giornalista, Betty Cabrini. Avrei bisogno di parlare con Amilcare Cauzzi. È una faccenda piuttosto importante.»

Silenzio, da dentro.

«Signora, mi ha sentito?» continua la Cabrini.

«Che vuole giornalista?» l'accento è straniero.

«È una faccenda privata. Mi è arrivato a casa un pacco indirizzato al signor Cauzzi» mente la Cabrini. «Sono qui per restituirglielo» e sfila dalla borsetta un piccolo involucro, piazzandolo davanti allo spioncino dell'ingresso.

Luiso e Adelmo si scambiano un'occhiata perplessa. Anche perché l'involucro, in realtà, è un piccolo sacchetto semitrasparente, che lascia intravedere un qualcosa di molto simile a un assorbente.

Tre mandate di chiave e l'uscio si apre di qualche centimetro, un pertugio assicurato da una catenella in metallo. Al naso della Cabrini e dei suoi paggi arriva una zaffata da reparto ospedaliero. Spunta anche mezzo volto di una donna sui sessanta, rossa di capelli e dalla carnagione pallida.

«Chi è altri due?» chiede.

«Sono miei nipoti» si inventa la Cabrini. «Io non ho la patente e mi sono fatta accompagnare da loro.» Luiso e Adelmo stirano il volto imbarazzati.

La donna allunga una mano nello spiraglio della porta. «Da' pacchetto a me e io do ad Amilcare.»

«Mi spiace, signora, ma vorrei consegnarlo io, a suo marito.»

«Marito? Io no marito. Amilcare vedovo, io badante rumena e no sposata.»

«Mi scusi, pensavo... Vabbe', mi fa entrare?» La Cabrini sfodera il sorriso della festa: «Non sono una ladra, glielo posso garantire» e libera una risatina ruffiana.

La badante tace. Con un occhio nel pertugio della porta, scruta un altro po' il misterioso trio. Poi dice secca: «No, voi sta fuori. Tu da' pacchetto a me e io do ad Amilcare. Ma tu e altri due sta fuori.»

«Mi chiami Amilcare, allora» sbuffa la Cabrini.

«Lui non può venire. Lui a letto.»

«A quest'ora?»

«Lui vecchio e malato. Io badante e infermiera. Lui tolto polmone un mese fa. Sempre stanco adesso.»

«Lui tolto polmone?» la giornalista si rivolge ai due ragazzi rifacendo il verso alla rumena «Ecco cosa simboleggiano il palloncino e lo spillone. Forse anche Miriam Vallari...» Torna a interagire con la badante. «Mi faccia entrare: ho assolutamente bisogno di parlare col signor Cauzzi Avanti, apra» e dà una gran spallata all'uscio. La catenella resiste al primo colpo e anche al secondo e al terzo.

«Lascia perdere» ci prova Luiso «è violazione di domicilio, non si può.»

«Non me ne frega un cazzo: ho il diritto di sapere cosa c'è dietro la storia dei pacchi e di tutto il resto.» Prende una piccola rincorsa per una nuova spallata, ma la badante è molto più lesta di lei e riesce a chiudere la porta un attimo prima che venga colpita da un quarto colpo, procurando alla Cabrini uno spasimo lancinante.

La giornalista inizia a lamentarsi, tutta ripiegata su un fianco e con la mano sinistra si massaggia la spalla destra: «Che male, badante del cazzo!»

«Va' via o chiamo polizia» urla da dentro la donna. Qualcuno fa capolino dai piani superiori.

«Meglio sparire alla svelta» dice Adelmo «o ci becchiamo una denuncia.»

«Maledetta» continua a lamentarsi la Cabrini, che non riesce a stare dritta. «Sì, meglio andarcene.»

«Be', perlomeno abbiamo scoperto qualcosa di importante» prova a consolarla Luiso.

«Già» gli risponde lei distratta, mentre scende le scale. «Ahi, che male, maledetta! Mi ha fottuto alla grande.»

Tornano al maggiolone giallo di Adelmo e le sorprese non sono finite. Infilato sotto il tergicristallo anteriore, c'è un foglio bianco e ripiegato.

«E questo cos'è?» dice l'etiope. Sfila il pezzo di carta, lo apre e lo legge: «'È tutto quello che sai fare, giornalista?'.»

«Dammi qua» e la Cabrini gli strappa di mano il foglio, lo rilegge sottovoce e dice: «È scritto a mano.» Si guarda in giro, subito imitata dai due ragazzi. «Sta seguendo ogni mio movimento.» Poi attacca a urlare: «Maledetto, esci, tanto so che sei qui. Fatti vedere!»

«Sei sicura di non voler avvisare Emiliano?»

«Sicurissima. Se sapesse che stiamo tornando dai coniugi Vallari, si incazzerebbe di brutto. Glielo diremo più tardi. Meglio non averlo fra i piedi, almeno per ora.»

«Già.» In realtà anche Luiso non concorda su una nuova visita ai genitori di Miriam, ma evita di esternarlo, un po' per il timore reverenziale che prova per la Cabrini e un po' per la recente scuffia che il giovane occhialuto si è preso per lei. E così se ne sta zitto, a cuccia sul sedile posteriore del maggiolone giallo di Adelmo, con gli occhi sui campi che si estendono oltre la strada che porta verso Pozzaglio.

Anche Adelmo è taciturno e innamorato, seppur con ben altre fortune sentimentali rispetto all'amico. L'etiope sta guidando con lo sguardo sulla carreggiata e il cuore nei chiassosi locali della Crazy Tower, laddove la sua pupa si starà di certo dipanando fra i tavoli, affaticata da grossi carichi di alcolici e vettovaglie, oltre che dalle occhiate fameliche degli avventori di sesso maschile. Il giovane storce preoccupato la bocca e torna a concentrarsi sulla guida.

«E che provino ancora a cacciarci» dice squillante la Cabrini. Si accende una sigaretta e sbuffa fumo verso il tettuccio del maggiolone: «Vi dà fastidio?»

«Assolutamente no» mente l'infatuato Luiso.

Adelmo invece attende qualche istante, poi balbetta: «A me sì. Solo un pochino, però.»

La Cabrini non sembra ascoltarlo e aspira la cicca con voluttà, fa decantare il fumo in gola e infine espelle una nuvolaglia biancastra. L'etiope attacca a tossire, Luiso resiste stoicamente.

«Che chiamino pure i carabinieri» insiste imperterrita la giornalista, riattaccandosi alla sigaretta e inondando di fumo l'abitacolo e i polmoni dei suoi coinquilini.

«E se liberano ancora il cane?» tossisce Adelmo.

«Oh, quello? Un cucciolone, niente di più.»

'Cucciolone un cazzo' vorrebbero dire in stereofonia i *Delmo&Luis*, che invece non fiatano, sia perché ogni commento sarebbe inutile, sia per non inalare i miasmi della sigaretta.

Sono da poco passate le 11. Arrivano finalmente a Pozzaglio, davanti all'abitazione dei Vallari. Il cagnone nero attacca a latrare, ergendosi poderosamente sull'inferriata che cinge il cortile. Adelmo parcheggia sul lato opposto della strada. Non ha ancora fermato l'auto che la Cabrini spalanca la portiera, sporge la gamba destra e smonta. Il cagnone la sta aspettando con la bava alla bocca.

«Ancora lei?» da una finestra del primo piano fa capolino la madre di Miriam Vallari. Sembra più rinsecchita e brizzolata del solito. «Cosa vuole ancora?»

«Sapere se sua figlia è stata operata al seno» le ribatte decisa la Cabrini, che intanto è stata raggiunta da Luiso e Adelmo.

«Lei è matta! Ora chiamo i carabinieri» e sparisce dalla finestra. Compare invece il marito, giù in cortile. Indossa il solito giaccone e berretta di lana, con una mano afferra il collare del cane, mentre con l'altra fa per aprire il cancello e liberare la bestia.

«Chiamate pure i carabinieri» gli dice la Cabrini «così vi beccate una denuncia per avermi aizzato contro il cane.»

L'uomo si ferma, tira indietro l'animale e richiude il cancello. Nello stesso momento, dalla porta di casa esce anche la moglie, che sgambetta veloce verso l'inferriata.

«Ha chiamato i carabinieri?» la provoca la giornalista. «Non aspetto altro!»

«Si può sapere cosa vuole da noi?» ringhia la donna. «Ci lasci in pace: abbiamo già i nostri problemi.»

La Cabrini sfila dalla borsetta il foglio con la foto della ragazza, quella che un misterioso postino ha infilato ieri nella sua buca delle lettere: «È vostra figlia?»

«E quella cos'è? Come fa ad averla?» la donna sporge un braccio oltre le sbarre del cancello e prova a strapparle di mano il foglio, mentre Luiso e Adelmo, intimoriti, fanno un passo indietro.

La Cabrini, invece, non si schioda: «Eh, no! Questa la tengo io. Lei risponda alle mie domande e io le spiego perché ho questa fotocopia.»

Interviene il marito: «Nostra figlia sta male. La prego, signora...»

«Cabrini. Betty Cabrini. E loro due sono Adelmo e Luiso, miei nipoti.» I due ragazzi tacciono imbarazzati.

La donna sembra intenerirsi: un mezzo sorriso in cui la Cabrini prova a infilarsi per ammorbidirla un altro po'.

«Signora Vallari» dice con fare benevolo «nessuno di noi vuole far del male a Miriam. Tutt'altro. Noi siamo qui per capire chi e perché mi ha lasciato sullo zerbino di casa un pacco col nome di vostra figlia e gli oggetti di cui già vi ho detto venerdì scorso. Chi e perché ha messo nella mia cassetta della posta questa fotocopia, di certo rubata dalla carta d'identità di Miriam. Chi e perché mi ha lasciato un messaggio sull'auto mezz'ora fa invitandomi a continuare le indagini. Chi e perché mi ha fatto avere un altro pacco, con dentro un palloncino floscio, uno spillone, una frase di Sartre e il nome di un uomo, che poi abbiamo scoperto essere un anziano signore a cui hanno tolto un polmone e che ormai se ne sta a letto tutto il giorno.»

«Un anziano signore operato a un polmone?» dice incredula la Vallari. Suo marito sta invece fissando qualcosa di indefinito all'orizzonte. Il cagnone si accuccia ai suoi piedi e punta le fauci sui polpacci della Cabrini.

«Allora? Vostra figlia è stata operata al seno, sì o no?» azzarda la giornalista, ritrovando la solita baldanza.

«Non sono affari che la riguardano!» dice la donna, ma viene subito stoppata dal marito che, con un piglio inaspettato, le si rivolge facendo la voce grossa: «Piantala, Gianna, ora parlo io.»

Come per incanto, la moglie si acquieta. Il cagnone, al contrario, si rialza e abbaia un paio di volte, infine si accuccia di nuovo a terra.

Seguono alcuni secondi di silenzio, poi l'uomo riprende: «Non si sbaglia, signora Cabrini, la nostra Miriam è stata operata al seno.» I suoi occhi s'inumidiscono: «Le è stato tolto il destro. Sei mesi fa. All'inizio sembrava un semplice nodulo, nulla di grave. Poi il ginecologo l'ha fatta ricoverare per degli accertamenti. Quindici giorni di esami, tante bocche cucite tra i medici e infine l'operazione: 'inevitabile' ci disse il ginecologo. E da quel momento è iniziato il calvario. Di Miriam e nostro.» Il volto gli si storce sofferente, le mascelle si irrigidiscono rabbiose e gli occhi diventano due fessure. Attacca a singhiozzare, subito seguito da brevi mugolii del cagnone. La moglie tace, simulando un'espressione di distacco.

Dopo una breve pausa, lui riprende a parlare, con la voce rotta dal pianto: «Ha soltanto vent'anni, è una bambina, anche se ormai è una donna finita ancor prima di diventarlo. I suoi sogni... Non ha più sogni, non ne ha più: neppure uno» stringe i pugni furioso. «Neppure uno» ripete. «So a cosa sta pensando, signora Cabrini» e infilza gli occhi in quelli della giornalista «ma non sarà di certo la chirurgia estetica a restituire a Miriam ciò che le è stato tolto, che le è stato estirpato.»

La Cabrini arrossisce in volto, una reazione che le capita di rado, a parte quando esagera con gli alcolici. 'Quest'uomo riesce a leggermi nella mente' pensa con un certo disagio.

«Parlo della sua femminilità» continua Vallari «qualcosa che neppure il miglior chirurgo al mondo potrebbe riportare nel corpo e nell'anima di mia figlia. Da mesi se ne sta tutto il giorno in camera sua, incollata al computer oppure a scrivere, a leggere o a dormire» si volta e alza la testa verso la finestra al secondo piano, quella dove la Cabrini, per un paio di volte, aveva visto una figura dietro alle tende. Anche la giornalista e i due ragazzi guardano da quella parte, ma di Miriam pare non esserci traccia.

Vallari torna con lo sguardo verso i suoi interlocutori. Non sta più piangendo. Si asciuga il volto col palmo della mano. Ha il fare di chi vorrebbe ancora parlare. Magari all'infinito, lasciandosi andare a uno sfogo secolare, a una terapeutica logorrea per libere associazioni, capace di consumare ogni parola del Creato e di fargli ritrovare una parvenza di sollievo a un dolore che da mesi si è inesorabilmente stampato sul suo volto e nel suo cuore. Ma è consapevole che in tutto l'universo non esiste parola che abbia un tale potere taumaturgico, per cui si limita ad aggiungere: «Abbiamo provato a convincerla a farsi seguire da uno psicologo, meglio ancora da una psicologa, ma non ne vuole sapere. Dice che sta bene così. Ma noi sappiamo che non è vero. Alcune sue amiche si sono presentate qui, volevano stare con lei, parlarle, consolarla. Lei invece le ha cacciate come un'indemoniata.» Prende fiato e tossisce infastidito, poi chiude gli occhi e decide che quei tre sconosciuti se ne debbano andare: «Credo di avervi detto tutto ciò che volevate sapere. Ora, signora Cabrini, la prego, se ne vada. Lei e i suoi nipoti. E non ci disturbi più. Per favore.»

La Cabrini vorrebbe dirgli di no, che se ne andrà solo quando lui risponderà ad almeno altre cento domande, ma sa che il suo tempo a disposizione è ormai esaurito, per cui sorride commossa, alza la mano destra, la porta all'altezza del cuore e dice con un filo di voce: «Buona vita, signori Vallari, a voi e a vostra figlia Miriam. E scusate per il disturbo.» Poi manda un bacio plateale al cagnone e lui ricambia con un ringhio maschio e sincero. Infine gira i tacchi verso il maggiolone giallo, seguita dai due "nipotini" che, cupi in volto, si muovono assenti come le vittime di un incantesimo.

Il viaggio di ritorno verso Cremona è un lungo e sofferto silenzio, che neppure un vecchio disco di Thelonius Monk, proposto da Adelmo, riesce a smorzare. Arrivano alla porte della città, mezzogiorno è passato da poco e i tre aprono finalmente bocca, ma solo per decidere di pranzare assieme alla *Crazy Tower*. La Cabrini telefona a Emiliano e lo invita al loro tavolo: «Ho delle grosse novità» aggiunge.

Quando entrano in birreria, il pelatone è già lì, seduto a un tavolo in stile Arnold's di *Happy Days*, con tanto di panche in legno e tubetti di ketchup e maionese sempre a disposizione.

La techno hardcore della domenica pomeriggio non è ancora partita, con grande sollievo per i muri del locale e per i timpani dei clienti che sono davvero tanti a quest'ora, tra chi brinda al bancone e chi pasteggia ai tavoli. A fare da colonna sonora alla birreria sono i Queen, con un'indimenticabile Save Me.

Adelmo incrocia lo sguardo della sua donna e il volto gli si distende come quello di un poppante saziato. Prova a salutarla con ampi gesti delle braccia ma lei, troppo impegnata in un'ordinazione ai tavoli, gli può rispondere solo con un misero accenno di sorriso.

«Ecco Emiliano» dice la Cabrini. Lo raggiungono.

«Arrivato col teletrasporto?» gli chiede lei, mentre si toglie il lungo piumino argenteo, il cappello bordeaux in feltro e il boa di lana.

«No, ero già qui per un aperitivo con amici. Il tuo invito a pranzo è stato provvidenziale: mi ha risparmiato la fatica di tornare da mamma e papà.»

La giornalista si siede di fronte a lui, con Adelmo che le si accomoda a fianco, non tanto per una dimostrazione d'affetto, ma perché da lì potrà tenere sott'occhio la sua fanciulla. L'etiope finge di non sapere che quel posto a sedere era altrettanto ambìto da Luiso, che a fianco della Cabrini trascorrerebbe l'intera esistenza. L'occhialuto gli fa il muso duro e lui, l'amico d'infanzia, gli risponde con un sorriso sornione e vigliacco.

«Allora, queste grosse novità?» chiede Emiliano.

«Meglio ordinare, prima» dice la Cabrini e, dopo una rapida panoramica sul resto del locale, aggiunge: «Temo che oggi dovremo aspettare parecchio, prima di mettere qualcosa sotto ai denti.»

Non arriva Morgana, ma l'altra cameriera. Adelmo l'ammazzerebbe seduta stante. Capelli mori e lisci che le arrivano sulle spalle, la ragazza è secca come un'acciuga, con braccia e gambe lunghe e dinoccolate. Ricorda vagamente Olivia di Braccio di Ferro.

'Eppure, un paio di capriole con lei me le farei volentieri' è il giudizio muto di Emiliano.

I quattro ordinano birre e paninerie varie, poi il pelatone torna alla carica: «Allora? Posso conoscere le vostre grosse novità?»

La Cabrini attacca a raccontare, con la voce sostenuta per farsi spazio fra le note dei Queen. Prima la giornalista parla del pacco recapitato ieri sul cofano del maggiolone di Adelmo, poi delle visite ad Amilcare Cauzzi e ai coniugi Vallari, con annessi e connessi.

Emiliano ascolta con fare mistico, gli occhi chiusi, una mano sulla fronte. Di tanto in tanto mugola e forse non sta neppure ascoltando la Cabrini, ma sognando il paio di "capriole" con la cameriera Olivia. Luiso e Adelmo lo scrutano incuriositi, quasi affascinati.

La Cabrini termina il resoconto e aspetta il suo commento, ma lui ha ancora le palpebre abbassate e la mano sulla pelata. Sta in quella buffa espressione per un altro po', poi tira un pugnone sul tavolo. Gli altri tre saltano sulle panche come birilli. Dal resto del locale qualcuno li guarda preoccupato.

Riapre gli occhi. «Cazzo, Betty» sbraita «ti avevo raccomandato di non prendere più decisioni in solitaria, e tu cosa fai!? Raccogli baracca e burattini» per un istante guarda Luiso e Adelmo «e te ne vai in giro alla ricerca di gloria.»

«Hai ragione» ci prova lei «ma...»

«Ma un cazzo. So di avere ragione. E tu sapevi che non avrei tollerato un'altra tua scemata.» Dà un altro cazzottone, contrae i muscoli del volto e sbuffa dal naso. Gli altri tre sono pronti per la sfuriata finale, e invece lui scoppia a ridere come un bambino e, tra un singhiozzo e l'altro, dice: «Complimenti, però, avete fatto un ottimo lavoro!» si alza e stringe la mano alla Cabrini e agli altri due, che non sanno se preoccuparsi o se divertirsi pure loro.

«Non sto scherzando» aggiunge il ciclotimico pelatone. «Davvero, avete fatto una gran cosa e soprattutto mi avete risparmiato di sentire due tristissime storie, che di certo mi avrebbero rovinato l'intera giornata. Molto meglio un aperitivo con gli amici.»

'Completamente sbalestrato' pensa la Cabrini. 'Sbalestrato è un eufemismo' riflette Luiso. 'Sbalestrato finché volete, ma è troppo divertente' chiosa fra sé Adelmo.

Arrivano birre, panini e focacce, Olivia incassa il dovuto e si allontana.

«Sei sicuro di non essertela presa?» chiede Betty.

Emiliano alza il boccale di birra al centro del tavolo. Gli altri tre esitano un istante, poi fanno altrettanto e danno una lunga sorsata.

«Certo, che non me la sono presa. Ora, però, dobbiamo capire cosa ci sia dietro le operazioni di Miriam e di quel vecchio, come hai detto che si chiama?»

«Amilcare Cauzzi. Io comunque un'idea me la sono fatta.» La Cabrini addenta il suo panino, fa schizzare sul pavimento una fetta di pomodoro, la raccoglie infastidita, si fa paonazza in volto: «D'istinto mi viene da dire che quei due sono vittime di un errore chirurgico e che qualcuno vuole che io indaghi per rendere pubblica la cosa.»

«Molto più semplice fare una denuncia alla magistratura» la interrompe Emiliano.

«Già» dice convinto Luiso.

Adelmo invece sta flirtando con una gigantesca focaccia che strabocca da ogni lato. Ogni tanto leva la testa verso la sua procace fatina, per tornare poi a masticare con la beatitudine di un cherubino.

«Non è così semplice» torna alla carica la giornalista «un

eventuale errore chirurgico sarebbe difficile da dimostrare, soprattutto per l'inviolabile complicità che esiste fra i medici, che mai e poi mai oserebbero denunciare uno di loro.»

«Se invece indaghi tu, diventa tutto più semplice» ironizza Emiliano.

La Cabrini non si scompone. Dà un morso alla focaccia e finge calma; poi aggiunge: «Chi vuole che indaghi io preferisce non esporsi. Una denuncia alla magistratura va sempre firmata, con tutti i rischi del caso. Ecco perché penso che il mio misterioso committente non sia né Miriam Vallari né Amilcare Cauzzi, che non credo conoscano le rispettive vicende, bensì un medico o un infermiere che, per queste ragioni, vuole rimanere anonimo. Sono le uniche persone che possono accedere a determinati documenti e informazioni.»

«*Pò darfi*» biascica Emiliano, con un boccone che gli preme tra le guance. Deglutisce con una smorfia di dolore: «Ma di quale ospedale o clinica?»

«Già, di quale?» la Cabrini sorride imbarazzata. Interroga con lo sguardo Luiso e Adelmo, che le rispondono col muso del cavedano.

«Non ditemi che non avete chiesto dove sono stati operati?» ridacchia Emiliano. «Dilettanti allo sbaraglio!»

«Avrei voluto vedere te, al nostro posto» si inalbera la Cabrini.

«Bastava invitarmi, Miss Marple della bassa padana» e lo sghignazzo del pelatone diventa più sguaiato e fastidioso, superando in decibel i Muse che hanno appena attaccato con *Madness*.

«E ora?» chiede preoccupato Luiso «Non possiamo tornare dai Vallari. E neppure dalla badante di Cauzzi.»

Si fa sentire Adelmo: «Perché non lo chiedi a Zack?» dice a Emiliano. «Lui potrebbe controllare fra i ricoverati in ospedale.»

Zack Monteverdi, infermiere all'Ospedale Maggiore di Cremona e vecchia conoscenza di Emiliano. Ha il vizio del gioco e lo si compra con pochi spiccioli.

«Buona idea» ammette Emiliano. Sfila di tasca il cellulare, cerca il numero dell'infermiere e lo chiama: «Zack, sono Emiliano Leda, sei sempre in bolletta sparata?» Pausa. «Bene, ci sono cinquanta euro per te, facili facili.» Aggrotta lo sguardo: «Niente di illegale, non ti preoccupare, ho solo bisogno di sapere se nel tuo ospedale siano state ricoverate negli ultimi mesi un paio di persone di mia conoscenza.» Altra pausa. «Ah, dici che è illegale? E con cento euro, rientriamo nei termini di legge?» Sorride, mostrando agli altri il pollice alzato. «Non avevo dubbi. Eccoti i nomi: Amilcare Cauzzi e Miriam Vallari. Richiamami quando sai qualcosa.»

Emiliano Leda

La risposta di Zack mi arriva a metà pomeriggio. Mi manda un sms e mi dà appuntamento per le 16 in piazza del Duomo. Non mi anticipa nulla, prima vuole i cento euro, il laido malfidente. Lo incontro, gli do due biglietti da cinquanta e lui mi dice che negli ultimi mesi nessuno di quei due è stato ricoverato nell'ospedale dove lavora. Io lo mando sinceramente a farsi fottere e telefono a Betty per raccontarle la "non-notizia". Ci diciamo che ora dovremo inventarci come scartabellare negli archivi delle due cliniche private cremonesi, la Villa Salus e la *Santa Beatrice*. A me, per ora, non viene in mente nulla di originale, a lei neppure. Sentirà dunque i suoi cocchi, Luiso e Adelmo: «Forse loro avranno il colpo di genio» aggiunge.

«Come no» le rispondo. Poi mando anche lei a farsi fottere: «E i cento euro, chi me li rimborsa?» Ma lei ha già chiuso la comunicazione. «Fottiti» le ribadisco telepaticamente.

E invece il fottuto sono io, che mi sono fatto spillare un centino e sto buttando nel cesso un sacco di giorni di ferie per giocare al piccolo detective, un gioco che mi ha sempre fatto cagare, oltretutto, maledetta la mia amicizia con Betty.

Sono in piazza Stradivari e non sono di buonumore. Sto anche girando a vuoto. Sta imbrunendo, fa freddo e io ho voglia di donne e di mare. Lascio perdere le mie brame sessuali e vacanziere e ripenso a quanto ci siamo detti a pranzo io, Betty e la premiata coppia *Delmo&Luis*, a cosa potrebbe nascondersi dietro le operazioni di quel vecchio e di quella ragazza. Due interventi sbagliati? Se così fosse, Betty come potrebbe scoprirlo? Mica è medico, lei. Oppure è un pretesto per tirar fuori qualche altra magagna, magari orchestrato da una clinica rivale o da chissà chi? E perché il nostro misterioso interlocutore non sporge regolare denuncia? Forse teme per la propria incolumità o di perdere il posto di lavoro? Secondo me, ci converrebbe avvisare la polizia, meglio il padre di Luiso, che è uno stimato ispettore.

Arrivo dalle parti della Galleria XXV Aprile e mi rendo conto che la Villa Salus è a non più di cinquecento metri. Aumento il passo e inizio a superare coppiette stanche, mamme isteriche, bimbi iperattivi, padri distratti, e poi schivo dodicenni conciate da mignotte, anziani dall'andatura rassegnata, giovanotti superpalestrati e dallo sguardo alieno. Arrivo ed entro nella clinica.

Vedo una specie di reception, un grosso bancone di marmo rossastro. Dietro se ne sta seduta una donnetta sui sessanta, canuta e occhialuta. Veste come la mia trisnonna e, quando mi avvicino, mi chiede: «Desidera?» sbuffando un alito preistorico. Immagino che in sala operatoria usino lei per l'anestesia. Su un ripiano più in basso tiene un pc, un telefono e un cruciverba quasi risolto.

«Buonasera, mi sa dire in quale camera è ricoverato Amilcare Cauzzi?»

Lei scandaglia ogni centimetro del mio volto, pelata compresa, poi risponde: «Mi spiace, ma per la privacy non posso dirglielo.»

«Ne è sicura?»

La donnetta mi lancia un'occhiataccia.

Io fingo imbarazzo.

«Potrebbe almeno dirmi se è stato ricoverato qui nelle scorse settimane?»

«Assolutamente no» mi risponde secca «sono informazioni riservate» e il suo alito mefitico cancella l'olfatto dal mio sistema sensoriale.

Vado in apnea e insisto: «Non potrebbe fare un'eccezione? Vengo da molto lontano» e sfodero l'espressione più giuggiolona del mio repertorio.

«Nessuna eccezione, e non insista o sarò costretta a chiamare...»

«Lasci perdere, me ne vado subito, brutta megera puzzona!»

Faccio dietrofront e prendo la via dell'uscita, con la donnetta che da dietro mi sta dando del villano e maleducato.

Esco dalla clinica, vado a recuperare l'auto e giuro a me stesso che non dirò a nessuno del mio giro alla Villa Salus, soprattutto a Betty.

Dopo un quarto d'ora, davanti allo stesso edificio c'è anche Betty Cabrini, tornata a vestire i suoi panni da esistenzialista francese: cappotto, sciarpa e basco tutti rigorosamente neri. Indugia per qualche istante guardandosi attorno, poi entra e si avvicina rapida al banco delle informazioni, pensando che quel marmo rossastro renda parecchio triste e soprattutto sanguinolento l'ingresso di una clinica, forse ancor più della donnetta canuta, occhialuta e vestita come una perpetua, che se ne sta seduta lì dietro, col capo chino su chissà che.

«Desidera?» chiede la perpetua, alzando lo sguardo da un cruciverba quasi risolto.

'Cazzo, che alito' pensa la giornalista, col naso distorto. 'Questa donna ha "l'aria" di chi beve direttamente dalla tazza del cesso'.

«Buonasera, mi sa dire in quale stanza posso trovare Miriam Vallari?»

La donnetta passa lentamente in rassegna la Cabrini e rimane schifata dal basco: «Mi spiace, ma per la privacy non posso dirglielo» e sfiata un altro po' di "aria" nauseabonda.

«Ne è sicura?»

«Secondo lei?»

«Già, mi scusi... Mi saprebbe dire, allora, se Miriam Vallari risulta tra i ricoverati degli ultimi mesi?»

«Mi sta prendendo in giro?»

«No, perché?»

«Poco fa ho cacciato un tizio che insisteva come lei, chiedendomi di un'altra persona.»

«Un tizio insistente? Che tipo era, pelato e robusto?» "e un po' stronzo" vorrebbe aggiungere.

«Proprio lui. Vi siete messi d'accordo per prendermi per i fondelli?»

«Assolutamente no!» Alla Cabrini sfugge un sorrisetto. «Dunque, non sa dirmi se Miriam Vallari...»

«Non insista o sarò costretta a chiamare...»

«Ho capito, ho capito. Me ne vado subito, brutta megera puzzona!»

«Villana e maleducata!»

La giornalista esce quasi di corsa. Quando arriva in strada, sfila il telefonino dalla borsetta e digita un numero. Intanto va verso l'auto, a un centinaio di metri da lì.

«*Chapeau, mon cher ami*! Geniale l'idea di chiedere di Amilcare Cauzzi alla segretaria di Villa Salus.»

«E tu come fai a saperlo? Mi stai pedinando o hai avuto la stessa idea?»

«La seconda. Niente male la tipa all'ingresso, eh!?»

«Soprattutto quando sfiata merda.»

«Sempre raffinato. E ora cosa facciamo?»

«Le consigliamo una derattizzazione allo stomaco?»

«Parlo della questione Vallari-Cauzzi.»

«Proviamo a passare alla *Santa Beatrice*?»

«Per un'altra figuraccia?»

«Non è detto. E comunque, io altre idee non ne ho.»

«*Santa Beatrice*?» dice con un filo di voce la Cabrini.

«Eh!?»

«Sulla mia auto!»

«*Santa Beatrice* sulla tua auto?»

«No, un biglietto, un post-it. È sulla mia portiera e c'è scritto: *Santa Beatrice*.»

«Guardati attorno, Betty» si preoccupa Emiliano «ti stanno seguendo: sta' attenta!»

«Non c'è nessuno» si preoccupa a sua volta la giornalista, con gli occhi sparati in ogni direzione. «Qui non c'è nessuno.»

«E allora salta in macchina e tornatene a casa. Ti raggiungo lì. Dormirò da te.»

Di corsa, ci andrebbe. Quella clinica, oltretutto, è proprio sulla strada di casa. E poco importa che anche lì, di certo, nessuno le darebbe informazioni su Cauzzi e la Vallari. Alla *Santa Beatrice*, la Cabrini andrebbe soltanto per guardarsi attorno, per dire "eccomi", per cogliere uno sguardo intimorito o un movimento furtivo o anche una frase sospetta. Ma ha promesso all'amico pelatone che se ne tornerà di filata a casa e che lì lo aspetterà, e non ha alcuna intenzione di disobbedirgli, viste le sue imprevedibili reazioni da ciclotimico incallito.

Prima, però, telefona a Luiso e lo aggiorna sugli ultimi avvenimenti, figuracce sua e di Emiliano comprese. Gli chiede anche di raggiungerla con Adelmo a casa sua, dove faranno il punto della situazione e pianificheranno le prossime indagini.

La Cabrini sta guidando quasi a passo d'uomo. Mancano pochi minuti alle 18 e il buio invernale si sta accovacciando su Cremona come il culo di un gigantesco drago. È una di quelle serate in cui il freddo, particolarmente umido, diventa il degno compare della grande massa di polveri e inquinanti di origine antropogenica, che ormai da anni infestano la città, rendendola ancor più stantia e padana, sia nell'atmosfera terrestre che in quella socioculturale.

Dietro all'auto della giornalista si è formato un codazzo di suoi concittadini motorizzati e clacsonanti, tutti inferociti per la velocità da bradipo con cui sta procedendo. Ma lei, sigaretta tra le labbra, *Radio Qunz Qunz Qunz* a palla e indici a tamburellare sul volante, se ne sbatte altamente di quelle strombazzate, preferendo dedicare le proprie riflessioni alle vicende degli ultimi giorni.

«Qualcuno mi sta chiedendo di far luce sulle operazioni fatte a un vecchio e a una giovane. E se quei due fossero soltanto la punta dell'iceberg? Quel qualcuno, oltretutto, mi sta anche seguendo per dirmi dove indagare. Ma come posso indagare in una clinica? Se almeno quel tizio uscisse allo scoperto.»

Riesce a parcheggiare sotto casa. Smonta dall'auto, dà un'occhiata in giro e si muove rapida verso l'ingresso del condominio. E proprio sul vetro della porta, nota una busta bianca che ha in bella vista il suo nome scritto a mano.

«E questa cos'è?» si preoccupa. La apre senza troppe cautele e sfila, nell'ordine: una vite arrugginita, un foglietto scritto a computer che riporta un nome – *Pietro Leonardi* – e una frase: *Se nell'animo di un uomo è esplosa la libertà, gli dèi non hanno più alcun potere su di lui.*

Il cuore le va a mille: «Un altro paziente della *Santa Beatrice*» mormora. Sente una mano sulla sua spalla e tira un urlo animalesco.

È Emiliano, che fa un salto teatrale all'indietro, mollando a terra il borsone che tiene fra le mani. Poi le si avvicina di nuovo, ridendo: «E se te l'avessi poggiata sul culo, quanto avresti gridato? O avresti gradito?»

«Il solito stronzo» sbotta lei. «Guarda qua» e gli passa i nuovi reperti.

«Mmh... Interessante. Anche questa frase è di Sartre, sempre da *L'essere e il nulla*.» Poi si guarda in giro: «E del nostro misterioso interlocutore non c'è traccia, ovviamente. È probabile che ci stia spiando, in questo momento, ma si sta dimostrando piuttosto abile nel non farsi vedere.» Torna sul contenuto della busta: «Pietro Leonardi... La vite arrugginita mi pare un simbolo nefasto.»

«Oltre che abile, è molto veloce: qualche minuto fa stava appiccicando un post-it sulla mia auto, poi è venuto qui di corsa. O forse, prima è stato qui, poi... Dobbiamo subito rintracciare questo Pietro Leonardi.»

Emiliano raccoglie il borsone. «Domani: ora è tardi, saliamo in casa.»

«E da quand'è che sei tu a darmi gli ordini?»

«Non fare la bambina, Betty. Saliamo in casa. Stasera o domani non cambia niente. Avanti!»

Lei punta i piedi, poi apre lentamente la borsetta, afferra le chiavi, le infila nella toppa, spinge la porta di vetro e, con fare incerto, entra.

Arrivati nell'appartamento, squilla il citofono. Emiliano artiglia la cornetta e ruggisce: «Chi è?»

Segue qualche istante di silenzio.

«Chi è?» ripete il pelatone, col fare dell'orco e pronto a precipitarsi giù. La Cabrini lo guarda preoccupata.

«Luiso» risponde una voce flebile. «Luiso e Adelmo. C'è Betty?»

Emiliano sembra deluso: «È per te.» Passa il ricevitore alla Cabrini: «I tuoi cocchi.»

«Salite, vi stiamo aspettando» e pigia l'apriporta.

«Non riesci a fare a meno di quei due?»

«Di cosa stai parlando?»

«Cosa li hai chiamati a fare?»

«Per darci una mano.»

«Una mano? Non bastiamo io e te?»

«Cosa ti prende? Sei diventato geloso di quei due ragazzi?»

Il volto e la pelata di Emiliano si fanno violacei. «Neanche per idea! Ma non capisco quale aiuto possano darci. Perlomeno in questa fase delle indagini.»

Intanto arrivano i due "cocchi".

«Accomodatevi» sorride tirata la Cabrini. «Vi fermate a cena? In un attimo metto su una pasta con le sarde.»

«Volentieri» dice squillante e innamorato Luiso.

Adelmo, invece, non sembra condividere quell'entusiasmo.

«Io, veramente...» balbetta «io avrei un appuntamento con Morgana. Proprio all'ora di cena.»

«E che problema c'è?» gli chiede la Cabrini. «Mangi con noi, poi vai da lei e riprendi a mangiare. L'appetito non mi pare ti manchi» e la giornalista ride, subito seguita dai due ragazzi.

Emiliano no. Il pelatone se ne sta in disparte, con l'aria infastidita e le mascelle come due morse. Pare proprio geloso della premiata coppia *Delmo&Luis*.

«Intanto vi aggiorno sulle ultime novità» prosegue la Cabrini, togliendosi il cappotto, il basco e la sciarpa. Anche i due ragazzi si sfilano gli abiti pesanti. Emiliano resta con indosso il giubbo.

«Innanzitutto, ho appena trovato questi» passa a Luiso la vite arrugginita e il foglietto «erano in una busta incollata all'ingresso del condominio. Niente male, no?» attende le reazioni dei due giovanotti.

«Cazzo!» esclamano insieme «la ruggine della vite» continua Luiso «potrebbe suggerire che questo Pietro Leonardi si sia preso il tetano».

'Geniale' sta per dire ironico Emiliano, ma la Cabrini lo anticipa: «In clinica?»

Il giovane De Vito si accomoda nervoso gli occhiali sul naso, e risponde: «Non so... Non credo... Forse.»

«Geniale» riesce a dire questa volta il pelatone.

Interviene tempestiva la Cabrini: «A proposito di cliniche, prima che io ricevessi questa busta, il mio misterioso amico mi ha anche lasciato un bigliettino sulla portiera dell'auto, su cui era scritto *Santa Beatrice*. È lì che dovremo cercare.»

«Non sarà facile» sentenzia Luiso, col fare del saputello.

'Sempre più geniale' evita di commentare Emiliano.

«No di certo. E mi sembra strano che il mio anonimo committente non se ne renda conto. Come possiamo introdurci in quella clinica, senza dare nell'occhio? Impossibile.» Mentre si dirige in cucina, Betty aggiunge: «Voi continuate pure, io comincio a preparare la cena.»

«Tu cosa ne pensi?» chiede Adelmo a Emiliano.

Ma lui sembra non pensare. Resta in disparte, col grugno duro e la vivacità di una cariatide: soprattutto pare non voler rispondere all'etiope, che per un po' lo osserva imbarazzato; poi si rivolge all'amico Luiso: «Secondo me dovremmo andare alla polizia. Perché non informi tuo padre?»

«È la prima cosa sensata che sento dire oggi» risponde finalmente Emiliano. «Informare la polizia: il padre di Luiso o qualsiasi altro sbirro.»

Il giovane occhialuto finge di non aver sentito l'ultima parola e risponde con tono incerto: «Non so... Se volete lo informo.»

«Ma quale padre o polizia!» sbraita la Cabrini, ripresentandosi con indosso un grembiule rosso su cui campeggia un Che Guevara nero e, nella mano destra, una grossa padella vuota. «Qualcuno mi sta chiedendo di indagare e io indago. Punto e basta. Qualcuno di voi non se la sente di darmi una mano? Nessun problema: quella è la porta» e sventola la padella verso i suoi ospiti.

Luiso sbianca in volto, Adelmo si gira un ricciolo fra le dita, il pelatone fa un mezzo sorriso di scherno.

«E tu, Emiliano, togliti dal muso quel ghigno del cazzo. Se sei diventato un cacasotto, vattene pure, tornartene nel tuo Nordest e non farti più vedere.»

Beccarsi del cacasotto o farsi dare cento frustate sulla schiena, per Emiliano Leda non fa differenza. La Cabrini lo sa e, infatti, ogni volta usa quella provocazione per ottenere da lui ciò che vuole.

Ma stasera il pelatone la sorprende: «Le tue ingiurie, cara Betty, scivolano leste sul piano inclinato della mia indifferenza» dice con finta e rassegnata pacatezza. «Tuttavia, forse hai ragione: sono diventato un cacasotto. Non come voi.» Imposta la voce come un consumato attore di teatro, inspira rumorosamente e simula un'espressione di grande sofferenza. Non si capisce se stia scherzando. «È per questo che tolgo il disturbo e vi lascio l'intero palcoscenico. Adieu mes amis, adieu mes frères, me ne torno a casa mia, nel freddo e alcolico Nordest.» È chiaro che sta recitando, peraltro da cani, eppure afferra il borsone e se ne va deciso verso la porta, la apre e sparisce sbattendola dietro di sé.

«Ma dove vai?» lo rincorre la Cabrini «stavo scherzando, era solo una provocazione!» Ma lui sta ormai scendendo i gradini di corsa, sordo alle suppliche che la donna gli rivolge dalla tromba delle scale.

La notte mi vede arrivare. Mi vede e mi cancella. Io ringrazio e torno a vivere. Un rituale che si ripete ormai da sempre.

Zoppico e mi trascino con la cadenza precisa e armoniosa di un serpente bipede, inutile mostruosità per palati avidi e sopraffini, aborto vago e vagante per le strade desolate di questo notturno cremonese.

Sbuffo un sorso d'anima, poi lo ingoio di nuovo. E continuo così, morendo e rinascendo a ogni respiro. Avanzo a fatica e il sudore comincia a farsi sentire, indifferente al gelo che mi sta ammaccando il volto.

Penso a mia madre e penso a Sartre, penso a mio padre e non penso più.

Il vicolo mi vede entrare. Una bestia marziana che procede claudicante e fiera. Le mura e l'asfalto mi riconoscono e mi accolgono in rispettoso silenzio. Ci conosciamo da un po'. Ma loro s'incupiscono: un tuono inizia a risuonare in ogni angolo. Arriva anche un bagliore. E si ferma a fianco della bestia marziana, claudicante ma non più fiera.

E da una specie di carrarmato a due ruote scende un essere dalla testa inglobata e anonima. Un suo simile rimane ad attenderlo sul carrarmato. La bestia marziana li aspettava, ma non oggi e neppure domani.

E il primo inizia a scalciare contro la bestia marziana, non più claudicante e non più fiera, ma strisciante e confusa.

E si sentono dei grugniti, poi delle urla e delle altre urla più lontane.

E l'odio si ferma, rimonta sul carrarmato a due ruote e il tuono e il bagliore svaniscono nel buio.

E la bestia marziana, non più strisciante ma sempre più confusa e forse moribonda, riesce a pensare che l'essere umano è la più immorale e sopravvalutata tra le specie viventi.

E non l'ha detto Sartre e neppure mia madre.

Lunedì

La sveglia di Betty Cabrini è lo Sbirro, che sta provando a telefonarle scatarrando bestemmie a ogni squillo.

«Maledetta giornalaia, lo so io perché non mi rispondi» mugugna il poliziotto. E intanto immagina un incandescente ginepraio di tette e culi, con la Cabrini madida di sudore e di piacere, e per niente preoccupata di far cessare quella lunga sequela di trilli.

E invece la giornalista se ne sta sola e infreddolita sotto le coperte, con la mano destra che, a tentoni, sta ora viaggiando sul comodino alla ricerca del telefono.

«Chi è?» dice finalmente. La sua voce è flebile e impastata.

«Era ora... Ho interrotto qualcosa di piccante, giornalaia?»

«Sbirro, che cazzo vuoi? Che ore sono?» Accende l'abat-jour.

«Le due di notte. Disturbo?»

«Secondo te, Sbirro?»

«Non so. Sei sola?»

«Certo, Sbirro, con chi dovrei essere?» Sbadiglia. «Cosa vuoi sapere a quest'ora, se mi sono fidanzata con tua sorella?»

«Neanche per idea, giornalaia pervertita» sghignazza catarroso «ho bisogno di sapere come va la storia del pacco anonimo.»

«Alle due di notte? Mi pareva che non ti interessasse. Cosa ti ha fatto cambiare idea, Sbirro?»

«Una coincidenza.»

La Cabrini si mette seduta sul letto e prende sigaretta e accendino. «Spiegati meglio.» Dà fuoco alla cicca.

«Venerdì scorso mi hai parlato di un pacco anonimo, con dentro anche una frase di Sartre. O mi sbaglio?»

«Certo. Dunque?»

«Dimmi di quella frase, giornalaia.»

«L'uomo è l'essere che progetta di essere Dio. È tratta da L'essere e il nulla. Perché?»

«Ieri sera... Poche ore fa, verso le ventuno e trenta, una ragazza di sedici anni...» il poliziotto sembra pentirsi di ciò che sta per dire.

«Vai avanti, Sbirro della malora!»

Lo Sbirro della malora ci prova: «Sì, insomma... una ragazza con una lunga serie di handicap è stata aggredita in un vicolo del centro. L'hanno scaraventata a terra e presa a calci. Per sua fortuna, passavano da quelle parti delle persone appena uscite da un ristorante. Vista la scena, hanno iniziato a urlare, facendo scappare i due aggressori. I bastardi erano in moto e sono spariti in un attimo. Non abbiamo elementi per poterli rintracciare.»

«Una storia molto triste, Sbirro, ma io cosa c'entro? E soprattutto la frase di Sartre.»

«Quando siamo arrivati, la ragazza era in stato confusionale, non parlava. Le abbiamo frugato nella borsetta per capire chi fosse e, tra le altre cose, abbiamo trovato una copia de *L'essere e il nulla* di Sartre, appunto.»

«Oh, cazzo! Dimmi subito chi è quella tizia, Sbirro» si infervora la Cabrini.

«Neanche per idea, curiosa giornalaia. È una minorenne.»

«Eh no, Sbirro del menga, tu non puoi svegliarmi alle due di notte, per poi darmi una mezza notizia. Avanti, dimmi quel nome.»

«Non posso, giornalaia. Non posso davvero. E poi quella poveretta è ricoverata in ospedale. E in ogni caso, non è la prima volta che qualche idiota se la prende con handicappati o extracomunitari, omosessuali e puttane.»

«Senti, Sbirro, oltre a quel pacco, nei giorni scorsi ne ho ricevuto un altro con un palloncino moscio, uno spillone, il nome di un vecchio e una seconda frase di Sartre. E proprio ieri sera, qualcuno ha appiccicato sulla mia porta di casa una busta con dentro una vite arrugginita, il nome di uno sconosciuto e un'altra frase di Sartre. A ciò aggiungi telefonate anonime e messaggi per spingermi a indagare, oltre a un post-it appiccicato alla portiera della mia auto, con scritto *Santa Beatrice*, proprio come una delle due cliniche cremonesi. Il tutto senza mittente. E ho anche scoperto che le persone nominate nei due pacchi, Miriam Vallari e Amilcare Cauzzi, hanno subìto di recente un intervento chirurgico. Alla ragazza hanno tolto il seno, al vecchio un polmone» la giornalista prende fiato, dà una lunga tirata di sigaretta e riprende a parlare, inondandosi il viso di fumo: «In nome della nostra vecchia amicizia, sant'Iddio, Sbirro, dimmi chi è quella tizia, o forse credi ancora che dietro la mercanzia che mi è arrivata ci sia una mia spasimante?»

«No, non lo credo, giornalaia.»

«E allora? È chiaro che qualcuno vuole che io indaghi alla *Santa Beatrice*, dove» rapida aspirata di sigaretta «di certo sta succedendo qualcosa di losco. Non puoi negarlo.»

«Giornalaia, ci vogliono motivi validi per indagare in una clinica privata. Cosa facciamo: apriamo un'inchiesta perché tu hai ricevuto dei palloncini e un reggiseno?» Tossisce come una ruspa ingolfata.

«Due palloncini e un reggiseno, Sbirro? E tutto il resto? I nomi di quelle persone, le operazioni che hanno subìto, le telefonate che ho ricevuto? In ogni caso, nessuno ti sta chiedendo di aprire un'inchiesta. Mi basta il nome di quella ragazza, poi sarò io a darmi da fare, senza sbirri e affini.»

«E ti metterai nei guai.»

«Forse. Ma scoprirò qualcosa d'importante, alla faccia tua e dei questurini di tutto il mondo.» Betty sta per chiudere la telefonata, ma ci ripensa: «Un'ultima cosa, Sbirro. Perché ieri sera non mi hai chiamato subito dopo il fattaccio?»

«Perché non sono intervenuto io, giornalaia malfidente. Stanotte sono di turno, ma a quell'ora ero impegnato col questore in altre faccende.»

Ora la Cabrini può terminare la telefonata e lo fa senza salutare il poliziotto.

Dice poi: «Che vada a farsi fottere, Sbirro del cazzo» e compone nervosa un numero. Resta in attesa per qualche secondo, infine getta un occhio alla sveglia: «Le due e un quarto, chi vuoi che ci sia a quest'ora in redazione?» Digita un altro numero e si rimette in attesa, attaccandosi intanto alla sigaretta. Una decina di secondi e risponde una voce maschile e moribonda: «Pronto.»

«Valsecchi?»

«Sono io: chi è che...»

«Sono Betty: Betty Cabrini. Scusami l'ora, ma ho bisogno di un aiuto.»

«Un aiuto? Ma che ora è?»

«Le due e un quarto. Lo so, è un orario infame, però, come ti dicevo, mi serve una mano.»

«Di... di... dimmi. Se è... è... urg... urgente» Graziano Valsecchi, il "pavido" Valsecchi, collega della Cabrini e prossimo ai sessant'anni, soffre di una strana balbuzie che lui riesce a sbloccare solo tirandosi degli sganassoni sul quadricipite. Un gesto che, a distanza di anni, diverte ancora i giornalisti della redazione, Cabrini compresa.

«Sai dirmi niente di un pestaggio avvenuto ieri sera? La vittima è una ragazza handicappata.»

«Ah, quello. L'ho seguito io. Gli sbirri hanno ch... ch... chiamato in redazione e mi hanno raccontato per telefono cosa era successo. Una ragazza di sed... sed... sedici anni, gravemente handicappata, tue tizi in moto l'hanno pestata in un vicolo del centro. Si è salvata grazie a delle persone che in quel mom... momento...»

«Sì sì, conosco la storia. Voglio solo sapere il nome di quella giovane.» Aspira la sigaretta.

«Non lo so neppure io, quella poveraccia è minorenne e non s... s...»

«Ho capito, Valsecchi, lasciamo perdere. Scusami il disturbo, ti auguro una buona notte» poi aggiunge, a telefono chiuso: «Fottiti anche tu!»

Riprende a pigiare sulla tastiera del cellulare. Questa volta il destinatario della chiamata è Emiliano, a cui la Cabrini vuole chiedere di ricontattare Zack Monteverdi, l'infermiere, l'unico che potrebbe finalmente svelare l'identità della giovane aggredita. Ma il pelatone ha l'apparecchio spento.

«Che si fotta pure lui, pelato del cazzo» e alé, anche Emiliano Leda è sistemato nel girone dei fottuti.

È giallina, su due piani e con un giardinetto che sembra la succursale della foresta amazzonica, con arbusti rinsecchiti, foglie marce e alberi dall'armonia inquietante e selvaggia. E lei, Betty Cabrini, la sta a rimirare con la curiosità di chi ha dinanzi una piramide Maya. Le serrande sono tutte abbassate e lorde, segno evidente che lì dentro nessuno ci mette piede da un bel pezzo.

«Questa è di sicuro casa sua» sta borbottando la giornalista «non ci sono altri Pietro Leonardi nell'elenco telefonico. Certo, potrebbero essercene altri a Cremona e nessuno di loro che voglia rendere pubblico il proprio numero» e torna a osservare la villetta che fa parte di un complesso a schiera, in una strada della prima periferia della città.

Sono le dieci del mattino e il sole è finalmente tornato a farsi rivedere.

«Cerca qualcuno?»

La giornalista si volta: sul lato opposto della strada c'è una donna sui settant'anni, indossa abiti da casalinga vecchio stampo, con tanto di fazzoletto in testa e un grembiule calzato sopra un maglione di lanaccia di second'ordine. È sull'uscio di un'altra villetta giallina, su due piani e a schiera.

«Pietro Leonardi abita qui?»

«Non più. Se n'è andato circa sei mesi fa.»

«Ah! Mi sa dire dove?»

La donna alza lo sguardo al cielo e fa un mezzo sorriso divertito: «Morto» e si fa il segno della croce.

Alla Cabrini scappa un: «Oh, cazzo!» a cui subito aggiunge «mi scusi, ma pensavo che...»

«Il povero Piero, perché è così che lo chiamavamo tutti qui da queste parti, ma anche i suoi amici e mi pare anche i suoi parenti. Dicevo che il povero Piero se n'è andato sei mesi fa, aveva appena compiuto settantotto anni. O forse settantasette? No, settantotto, perché era dello stesso anno del mio povero Anselmo, mio marito, che è morto pure lui ma vent'anni fa e ora avrebbe avuto settantotto anni come il povero Piero, appunto» si rifà il segno della croce, prende fiato e fa per ripartire in tromba.

La Cabrini la blocca: «E mi sa dire di cos'è morto?»

La donna allarga le braccia: «Non potrei, visto che certe cose sono privassi, ma ormai il povero Piero» e si fa ancora il segno della croce «se n'è andato e non potrà più protestare.» Fa un risatina di autocompiacimento: «È morto dopo un'operazione all'anca.»

«Un'operazione, anche lui?» strepita la Cabrini.

«Ne sono morti altri?» chiede morbosa la donna.

«No, lasci stare, è una cosa mia. Sa mica per caso se il povero Piero» e anche la Cabrini si fa il segno della croce, lei che non crede da sempre «dicevo, sa mica se il povero Piero sia stato operato alla *Santa Beatrice*?»

«Certo. E lei come fa a saperlo?»

La Cabrini lascia la donna nell'atroce dubbio e corre verso l'auto, vi si infila dentro e sgomma via. Poi afferra il cellulare e chiama Luiso, senza alcun auricolare né a vivavoce, con l'apparecchio tra la spalla e l'orecchio sinistri: l'incosciente.

«Luiso, a rapporto da me alla *Crazy Tower*, tra mezz'ora» ha il piglio del tenentino stronzo «tu e Adelmo» e chiude la telefonata senza attendere la replica del giovane.

Prova poi a chiamare Emiliano Leda, che chissà se le risponderà. Il telefono suona libero per un minuto buono, fino a quando la Cabrini si stanca e rimanda il pelatone nel girone dei fottuti.

«Morto dopo un'operazione all'anca» dice fra sé «e nella busta c'era una vite arrugginita: forse si è davvero beccato il tetano in clinica, quel tizio.»

Squilla il cellulare: è Luiso. «Betty, prima non mi hai lasciato parlare, volevo avvisarti che non possiamo venire alla *Crazy Tower*. Siamo all'università: io ho un esame e Adelmo è qui a farmi compagnia.»

«Ah, proprio oggi?»

«Mi spiace, ma...»

«Ho delle novità importanti.»

«Stasera, se vuoi.»

«Vabbe', te le dico per telefono» e la giornalista attacca a raccontare, sbattendosene altamente del fatto che Luiso sia all'università, che stia aspettando di essere interrogato e che sia, come capita generalmente in questi casi, teso e agitato.

Il ragazzo la interrompe subito: «Mi spiace, Betty, ma ora tocca a me. Ci sentiamo più tardi» e chiude la chiamata.

«Ma...» si stupisce la Cabrini «Ma che cazzo!» precisa. «Ce l'avete tutti con me?! E ora con chi parlo? Il pelatone non mi risponde, maledetto lui, gli altri due decidono di andare all'università, lo Sbirro mi racconta le cose a metà e io non ho una compagna che mi possa consolare.»

Molla il telefono sul sedile a fianco e ripiega sull'autoradio, lasciando che i suoi pensieri – un po' paranoici, a dire il vero – si vadano a shakerare col qunz, qunz, qunz su cui si è sintonizzata. Chissà che non ne esca un rap o anche un hip hop oppure che la nostra giornalista non trovi l'ispirazione necessaria ad alleviare la propria solitudine, magari fermando per strada la prima malcapitata e tediandola con le sue nuove scoperte investigative o con il suo impellente bisogno di conforto affettivo e sessuale.

Con le dita sul volante, attacca a tamburellare, mentre con la voce improvvisa un motivetto che nulla ha a che fare con il qunz, qunz, qunz dell'autoradio. Poi abbandona il motivetto e prende a fischiettare un qualcosa di più classico, che potrebbe essere l'Eroica di Beethoven o un coro alpino. E intanto guida a vanvera, con improvvise accelerate e altrettanto improvvisi rallentamenti, un tira e molla che segue l'intensità dei suoi pensieri, creando dietro di sé un velenosissimo serpentone di auto costrette a viaggiare al ritmo e alla velocità, appunto, di quelle riflessioni.

Arriva dalle parti di via XX Settembre, proprio dietro al Duomo, di cui comincia a intravedere le absidi e il relativo Torrazzo, che si staglia nel cielo per duecentocinquanta braccia e due once cremonesi o, per meglio dire, centodieci metri o anche cinquecentodue gradini, se ce la fai a scalarlo fino in cima.

Entra in via XI Febbraio, decide di parcheggiare nel primo posto libero e così s'infila in divieto di sosta. Smonta dall'auto con la voglia di farsi una passeggiata in centro e intanto riprova a telefonare a Emiliano, che continua a non risponderle e a farsi mandare a quel paese, anzi peggio.

C'è parecchia gente per la strada, un po' per l'inaspettata giornata di sole, un po' perché la disoccupazione diffusa porta ormai buona parte delle persone a girare a vuoto come tanti criceti nella ruota.

Betty Cabrini se ne strafrega della disperazione di quell'umanità e torna a concentrarsi sui suoi crucci; e lo fa discutendo a mezza voce con un interlocutore virtuale che, non potendo commentare, lascia che lo facciano i passanti in carne e ossa, chi con una risatina, chi con una smorfia di compatimento o anche scansandola con ribrezzo.

Si accende una sigaretta: «Devo andare alla *Santa Beatrice* a curiosare. Ma come?»

Attraversa di buon passo Largo Boccaccino e pensa a un buon caffè, magari al bar sotto la Loggia dei Militi, in piazza del Duomo, proprio lì a due passi. Entra nella piazza e le squilla il telefono. Lo sfila nervosa dalla borsetta: il numero è quello della redazione, la voce quella di Resemini, il bronzeo direttore.

«Betty, ha deciso quando tornare? C'è bisogno di lei, qua. Avrei da proporle un servizio su...»

«No, direttore, non ho ancora deciso. Mi spiace per il suo servizio, ma...»

«Ma un bel niente, Betty. Lei non può starsene a casa a suo piacimento, non mi costringa a...»

«Senta, direttore, so bene che non è corretto, ma le chiedo ancora qualche giorno, almeno quattro o cinque, meglio una settimana.»

«Una settimana? Ma è impazzita? Venerdì la voglio di nuovo in redazione: venerdì, non un'ora di più. Non mi costringa a parlare con la proprietà del giornale che, come ben sa...» e riattacca lasciando in sospeso la frase.

«'Come ben sa' cosa?» chiede lei all'apparecchio muto e anche sordo. «'Come ben sa' cosa?» ci riprova, sbraitando nel bel mezzo della piazza. Un capannello di gitanti giapponesi si volta divertito verso di lei; e un paio di loro, con fare morboso, sposta la mira della videocamera dalla facciata del Duomo a quella della giornalista. Forse l'hanno scambiata per un'artista di strada.

«Sì, e ora sfilo dalle saccocce quattro birilli colorati e li faccio roteare per aria...» e con comprensibile delusione dei nipponici, li manda laddove nelle ultime ore ha mandato mezzo mondo, con tanto di alzata di dito medio. Loro immortalano anche quello e lei zampetta veloce verso il bar, schivando la frotta di persone sparse qua e là sulla piazza, chi in movimento e chi fermo come un semaforo.

E nemmeno si accorge della donna che la sta rincorrendo da qualche secondo, con un foglio svolazzante tra le mani. Sui quarant'anni, capelli corti e mori, occhiali e un fisico atletico e armonioso: per una così, Emiliano Leda farebbe carte false. Ma il pelatone non è da queste parti, per cui...

La tizia sta quasi urlando all'indirizzo della Cabrini: «Signora, signora, può fermarsi un attimo?»

Finalmente lei si volta: «Eh? Dice a me?»

«Certo. Vorrei parlarle della campagna di sensibilizzazione sul tema della...»

«Lascia perdere, bella, ho altro per la testa» e riparte verso il bar, dove si fa un caffè doppio, allungato con eguale porzione di grappa. Quando torna in piazza, ritrova la tipa della Campagna di sensibilizzazione sul tema della... Sta ancora sventagliando il foglio di prima e c'è da giurare che è lì ad aspettare proprio la Cabrini.

«Ancora tu? Ti ho già detto che ho altro per la testa e che...» Le viene un dubbio. 'Un foglio bianco,' pensa 'vuoi vedere che questa tipa è il mio misterioso committente?'.

«Dammi quel foglio» e glielo strappa di mano.

L'altra indietreggia sbiancando in volto: «Che modi!»

La giornalista fa passare in lungo e in largo il pezzo di carta, ma non trova altro che un paio di foto, di una scimmia in una e di un cane nell'altra, entrambi legati, scorticati e sanguinanti: la prima con alcuni ferri piantati nel cranio, il secondo con una strana mascherina sul muso.

«Oh, mio Dio» si schifa la Cabrini, riponendo il foglio tra le mani della donna «cos'è questa roba?»

«Una campagna per sensibilizzare la gente sul tema della vivisezione.»

«E io che credevo... Vabbe', lasciamo perdere.» La Cabrini sembra delusa, oltre che impressionata: «Cosa ti serve?»

«Una firma e un piccolo contributo.»

«Lo immaginavo» si fruga nella borsetta alla ricerca del portafoglio e poi di un biglietto da cinque euro. «Come ti chiami, bella?»

«Cristina.»

«Cristina» ripete la giornalista, osservando la donna che, a sua volta, le sta sorridendo imbarazzata. «Ecco, Cristina, tieni il mio piccolo contributo.»

Intanto riflette: 'Quel sorriso... Potrei sbagliarmi, ma quel sorriso... Ho troppa esperienza in questo settore, anni e anni di militanza. Tentar non nuoce'.

Azzarda: «Mi sei simpatica, Cristina.»

L'altra arrossisce: «Grazie, signora.»

«Ma quale signora, chiamami Betty e dammi pure del tu. Mi sa che siamo quasi coetanee.» Anche la Cabrini sta sorridendo. Ma non arrossisce: 'troppa esperienza in questo settore, anni e anni di militanza'.

«Vada per il tu, Betty. E grazie per i cinque euro. Ora, se vuoi firmare» e indica con lo sguardo un banchetto sistemato poco più in là.

«D'accordo, bella, io firmo, ma in cambio tu ti lasci offrire un aperitivo al bar» e pianta gli occhi su quelli della donna, che la sta guardando con le guance paonazze, lo sguardo a fessura e la bocca stretta in un mezzo sorriso.

Sono le otto di sera e la Cabrini è sdraiata sul lettone di casa. Ha lo sguardo beato, una sigaretta fra le labbra ed è completamente nuda. Niente alcolici, stasera. E neppure interlocutori televisivi, pelatoni molesti o giovani e intimiditi universitari. Al suo fianco c'è Cristina, pure lei con un'espressione appagata, una cicca fumante e come mamma l'ha fatta. Dal soggiorno arrivano le note e la voce di Ella Fitzgerald e della sua Baby, What Else Can I Do?

«Sicura di non volerti fermare a dormire?» chiede la giornalista.

«Sì, mi spiace, ma mia madre e mio padre...»

«Non sanno del tuo vizietto?» scherza la Cabrini.

«Sei matta? Sono convinti che sia ancora alla disperata ricerca del grande amore con cui fare almeno cinque figli.»

Ridono.

«E i tuoi?» chiede Cristina, divertita.

La Cabrini torna seria: «Mio padre, non l'ho mai conosciuto. Un'avventura estiva di mia madre. Lei era molto giovane, aveva diciannove anni e se n'era andata in vacanza sulla riviera romagnola con un paio di amiche. Lì, conobbe un bel tipo, anche lui in vacanza, e scoparono a più non posso senza alcun accorgimento. Tornata a Cremona, scoprì di essere incinta. Lo cercò, ma non lo trovò più. Lui le aveva dato nome e indirizzo falsi, e chissà ora dov'è. Spero al cimitero.»

«Una brutta storia.»

«Sono cresciuta ugualmente felice, con mia madre. Anche se una decina d'anni fa mi ha lasciato pure lei: un incidente d'auto in una serata particolarmente nebbiosa.»

«Mi dispiace» Cristina le accenna una carezza sul braccio, uno sfioramento che scatena nella giornalista il desiderio di un bis o forse di un tris. Una smania che il trillo del campanello provvede subito a castrare.

«Non andare, ti prego» dice Cristina, con un tono da telenovela.

«Non posso, potrebbe essere...» e, seppur malvolentieri, si alza e va verso la porta. Alza il citofono: «Chi è?»

«Luiso e Adelmo. Con tre ottimi kebab.»

«Oh, cazzo» si lascia scappare lei.

«Eh?»

«No, scusami Luiso, è che...»

«Betty, tutto bene? Visto il trenta e lode all'università e tu che sei sempre sola la sera, abbiamo deciso di farti una sorpresa.»

'Già, e proprio stasera dovevate farmi questa cazzo di sorpresa?' sta quasi per rispondere. E invece dice: «Veramente, non sono sola. Però, visto che ormai siete qui, salite.» Piga l'apriporta, poi corre verso la camera da letto.

«Avanti, rivestiti» intima a Cristina.

«Rivestirmi? E perché?»

«Non fare domande, poi ti spiego.» La Cabrini comincia a raccattare i suoi indumenti sparsi sul pavimento. «Stanno arrivando due miei amici.»

«E non potevi mandarli via?» si arrabbia Cristina, poi smonta dal letto e comincia anche lei l'operazione di recupero abiti.

«No, che non potevo. Dopo ti spiego.»

«Cazzo, Betty, che figure mi fai fare? Metti che li conosca.»

«Non preoccuparti, non li conosci di sicuro. E in ogni caso, sono ragazzi molto discreti. Sbrigati però a rivestirti.»

Un altro scampanellio, questa volta dietro la porta.

«Cazzo, cazzo, cazzo!» dice concitata la Cabrini, con i pantaloni a metà gamba e la camicetta ancora da abbottonare sulla pelle nuda.

«Cazzo, cazzo, cazzo!» le fa eco Cristina, in mutande e nient'altro.

«Tu resta qui» ordina la giornalista «verrai di là quando sarai completamente vestita. Io intanto vado ad aprire» e con le dita fra asole e bottoni, corre in soggiorno. Si dà una rassettata ai capelli, poi apre la porta.

«Eccomi qua» dice col fiatone e il sorriso della festa. «Prego, entrate, non mi avete affatto disturbata Sono con un'amica, che tra poco ci raggiungerà» e facendo l'occhiolino, indica la camera da letto.

«Ah» dice Luiso, con un sacchetto e un foglio tra le mani «non sapevamo, non pensavamo che...» l'occhialuto è parecchio deluso. La recente scuffia che si è preso per la bella giornalista non lo aveva certo illuso che lei si fosse convertita all'eterosessualità. Tuttavia, vederla spettinata, madida di sudore e con indosso una camicetta da cui si intravedono i due capezzoli ancora turgidi, e soprattutto con un'amante forse nuda di là in camera da letto, non lo fa stare bene.

Adelmo, invece, si sta divertendo un mondo e neppure la peggiore delle tragedie riuscirebbe a togliergli dal muso il sorrisino che si è stampato da quando è entrato nell'appartamento.

«Meglio che ce ne andiamo» dice Luiso con un filo di voce «cosa ci stiamo a fare qui?»

«Ma no» ci prova la Cabrini.

«Ma sì» le risponde seccato il ragazzo. Poi le mette fra le mani un foglio di carta: «Questo era sul tuo zerbino. C'è scritto di non perdere tempo passeggiando in piazza del Duomo, ma di continuare a indagare.»

Luiso fa un militaresco dietrofront e riprende la via delle scale, subito seguito dall'etiope, che fa ciao con la manina, per poi uscirsene pure lui.

Sono da poco passate le nove di sera e la *Crazy Tower* è quasi deserta. Luiso e Adelmo stanno cenando con una focaccia e una birra a testa. O meglio: solo l'etiope sta cenando, visto che Luiso ha lo stomaco così contratto che anche uno spaghetto faticherebbe a entrare.

I tre kebab sono finiti nel bidone della spazzatura. Ce li ha ficcati il giovane De Vito. Con rabbia.

«Lo sapevi, no?» gli sta dicendo Adelmo. «È lesbica e sempre lo sarà. Dunque, fatti passare la cotta e pensa ad altro. Anzi, a un'altra.»

Luiso non fiata. Prova a buttar giù un goccio di birra, ma proprio non ce la fa.

«Ammetterai, però, che la scena è stata troppo divertente» continua il sadico etiope. «Betty con i capelli arruffati, rossa in volto e le tette in tiro. Troppo divertente» e si lascia andare a una risatina. Tranguggia una lunga sorsata di birra e con gli occhi cerca la sua pupa dietro al bancone.

Anche Luiso, finalmente, impugna il boccale di birra, svuotandoselo in gola in una botta sola. Poi sfiata un rutto da girone infernale e, a gran voce, chiama Morgana: «Un'altra birra, grazie!»

L'amico lo squadra preoccupato: «Luis, sei sicuro di stare bene? Tutta quella birra in un colpo solo: vuoi lasciarci le penne?»

Lui addenta avido la focaccia e biascica: «Torna a rimirare la tua bella e fatti i cazzi tuoi.»

I pochi presenti nel locale sono con gli occhi su di loro. Qualcuno ride, gli altri compatiscono. Fausto, il proprietario della *Crazy Tower*, dice qualcosa a Morgana, lei spina la birra per Luiso e parte verso di lui. Gliela consegna, recupera i quattro euro che lui ha già preparato sul tavolo, poi gli dice: «Non so cosa ti sia preso prima, ma non farlo più. A Fausto non è piaciuto quel rutto.» L'occhialuto tace e si riattacca al boccale.

Morgana interroga con lo sguardo Adelmo, che le fa capire che le spiegherà più tardi.

Il giovane De Vito si svuota metà caraffa e azzarda un bis, ma anziché gas dalla sua bocca parte uno spruzzo giallognolo che va a colpire il tavolo e soprattutto Adelmo. L'etiope salta in piedi schifato, mentre il reo, con le mani a conchiglia sulla bocca, corre verso i cessi sgocciolando birra; dagli altri tavoli parte una risata corale e qualche applauso.

«Che figura di merda» dice Luiso, seduto sul maggiolone di Adelmo. Sono le dieci e un quarto di sera e i due sono fermi di fronte alla casa dell'occhialuto De Vito, che ha il volto strizzato come un cencio e un alito da ippopotamo putrefatto.

«Scusami ancora, Ade, non so cosa mi sia preso. Chissà cosa starà pensando di me Morgana.»

«Che sei un idiota, lo stesso pensiero mio. Rischiare una congestione per una donna: che idiota!»

«Vorrei vedere te al mio posto, saputello.»

«Farei esattamente come te» ride Adelmo «o forse peggio, ma sarebbe ugualmente un comportamento idiota.» Torna serio: «E ora cosa intendi fare?»

«Farmi una bella doccia calda e andarmene a letto.»

«Lavati per bene anche i denti, allora: hai una bocca che sa di cloaca. Comunque, intendevo chiederti cosa intendi fare con Betty. Mica puoi star male ogni volta che la incontri.»

«E infatti non ho alcuna intenzione di incontrarla. Almeno per un po'.»

«Non è una cattiva idea, ma come ci giustifichiamo, cosa le diciamo? che non la vogliamo più rivedere fino a quando non ti sarà passata la sbandata?»

«Neanche per idea. Ci inventiamo che mio padre ha scoperto su cosa stiamo indagando e mi ha vietato di proseguire. A quel punto, Betty non potrà mettersi contro un ispettore di polizia.»

«E la lasciamo sola a indagare, ora che anche Emiliano è sparito dalla circolazione?»

«No, andremo avanti per i fatti nostri. Non so ancora come, ma qualcosa faremo. Poi, al momento giusto, ci faremo rivedere.»

Martedì

«Senti, Sbirro, tu mi devi dire chi è quella ragazza. Sono convinta che sia stata lei a mandarmi i due pacchi, la busta e tutto il resto. Ed è solo lei che può spiegarmi cosa sia realmente successo a Miriam Vallari, Amilcare Cauzzi e Pietro Leopardi: solo lei.»

«Non è possibile, giornalaia. Quella ragazza è minorenne e ha grossi handicap, te l'ho già detto. Senza contare che è sotto osservazione in ospedale. Credimi, non posso proprio.»

«Chiediglielo tu, allora. Ti basta andare da lei e domandarle perché mi ha spedito tutta quella roba e cosa sa delle operazioni di quei tre.»

«Non ora, giornalaia. La ragazza sta male ed è ancora molto provata. Già l'abbiamo dovuta interrogare per il verbale dell'aggressione e ti garantisco che non è stato facile. Figuriamoci se le domandassimo anche dei tuoi pacchi. E poi, giornalaia, chi ti dice che sia stata lei a spedirteli?»

«Il libro di Sartre che teneva in borsetta, Sbirro, è la prima cosa che hai pensato anche tu.»

«È una coincidenza singolare, lo ammetto. Ma non è una prova sufficiente. Oltretutto, tu prima mi hai raccontato di avere intravisto la persona che ti ha lasciato sullo zerbino il primo pacco. E se non ho capito male, era un uomo che quando ti ha visto se l'è data a gambe. Ecco, non può essere stata lei: la "nostra" persona è donna e ha seri problemi di deambulazione.»

«Lo so, Sbirro, ma potrebbe avere un complice.»

«Un'ipotesi troppo fantasiosa, giornalaia. Quindi piantala di scassarmi le palle e pensa alla salute.» Lo Sbirro attacca a sghignazzare, con l'aggiunta della sua inconfondibile scatarrata.

Sono le undici del mattino e i due sono seduti l'uno di fronte all'altra nell'ufficio del poliziotto, in questura, lui dietro la sua scrivania d'ordinanza, lei su una sedia in legno dalle gambe ballerine. Entrambi stanno gaiamente fumando, alla faccia del divieto.

La Cabrini è arrivata mezz'ora fa ed è entrata nell'ufficio dello Sbirro senza neppure bussare, come se fosse a casa propria. D'altra parte, la "giornalaia" qui ci viene almeno un paio di volte alla settimana, vuoi per lavoro, vuoi per farsi una fumata in santa pace.

È entrata e ha iniziato a raccontare nei minimi particolari l'intera vicenda che la sta travagliando dallo scorso giovedì, anche ripetendo ciò che lo Sbirro già conosceva.

«Su una cosa, però, sono d'accordo con te, giornalaia: chi ti ha mandato quella roba e ti sta seguendo in ogni tuo spostamento vuole che salti fuori uno scandalo alla *Santa Beatrice*. Non so chi possa essere, forse un medico invidioso o un infermiere con problemi sindacali oppure un paziente incazzato o anche qualcuno della Villa Salus. Non so. Tuttavia, la mercanzia che hai ricevuto non è sufficiente per spingerci ad aprire un'inchiesta.»

«Quindi non mi aiuterai, Sbirro?»

«Non ho detto questo, giornalaia. Una mano te la posso dare, ma non in via ufficiale.»

La Cabrini spegne la cicca nel portacenere: «Per ora mi accontento, Sbirro.» Si alza dalla sedia e va verso la porta.

«Un'ultima cosa, giornalaia.»

Lei si ferma, con una mano sulla maniglia, ma senza voltarsi.

Lui continua: «Come va la tua vita sentimentale?»

«Eh?»

«Sì, insomma, oggi hai un'aria diversa, più rilassata, più "serafica"» e pone maliziosamente l'accento tonico sulla "i" dell'ultima parola.

«Azzeccato in pieno, Sbirro del menga.»

«E chi è la fortunata, se mi è consentito saperlo?»

«Un'animalista.»

«Uh, Uh... Brutta bestia, allora» e si compiace della battuta con una lunga serie di ululati, alternati a putride e gorgoglianti sghignazzate.

«Attento a non soffocare nel tuo spurgo, Sbirro.» La Cabrini emette una sonora pernacchia e finalmente se ne esce dall'ufficio.

Arriva in strada e prova a telefonare prima a Luiso, poi a Emiliano, ma nessuno dei due risponde. Manda allora un sms a testa. Al primo scrive: Perché ti sei offeso, ieri sera? Mentre al pelatone: Sei il solito stronzo.

Zero risposte da entrambi.

Due ore dopo, la Cabrini è sul lettone di casa con Cristina. Gli abiti delle due donne sono sparsi sul pavimento. Di là in soggiorno, la Fitzgerald ha appena attaccato con Every Time We Say Goodbye.

Più o meno nello stesso istante, Luiso e Adelmo sono di fronte allo smartphone dell'occhialuto. In riva al Po. Dopo la figuraccia di ieri, Luiso ha preferito non farsi rivedere alla *Crazy Tower*, una rinuncia che il ragazzo intende attuare anche nei prossimi giorni, forse per sempre. Lasciarsi andare a un rutto sguaiato e subito dopo vomitare per tutto il locale sono esibizioni difficili da dimenticare, sia per lui che per gli avventori e i proprietari della birreria.

La coppia di amici è seduta su una panchina del parco che si affaccia sul fiume. Il sole finge di essere primaverile, benché sia gennaio e prima di scaldare per bene le ossa padane ci vorranno almeno altri quattro mesi. In compenso, l'umidità è quella tipica di queste parti, invisibili goccioline di ruggine che si intrufolano subdole in ogni articolazione, con un unico scopo: ingripparti lentamente dalla testa ai piedi e renderti la vita lenta, molesta e dolorosa.

Ma i *Delmo&Luis* hanno altro a cui pensare, ora. Hanno ricevuto una risposta positiva da Miriam Vallari – o meglio, da Miriam Pentesilea – alla loro richiesta di amicizia su Facebook; la ragazza, inoltre, si dice disponibile a incontrarli a casa sua, a patto che non portino la "zia giornalista", vale a dire Betty Cabrini.

«E chi la vuole, quella?» ha commentato acido Luiso.

La giovane scrive anche di averli riconosciuti domenica scorsa quando, assieme alla Cabrini, avevano fatto visita ai suoi genitori.

«Sono sicura che quella giornalista non sia vostra zia» ha aggiunto Miriam «in ogni caso non la voglio qui. Venite solo voi e niente scherzi.»

«Determinata, la fanciulla» sorride Adelmo.

«E perspicace.»

«Cosa le rispondiamo?»

«Che andremo da lei quando vuole. Capita proprio al momento giusto questa sua risposta. Andremo e cercheremo di saperne di più sulla sua operazione al seno.»

«E con Betty? Non le diciamo nulla?»

«Neanche per idea. Prima sentiamo la Vallari, poi decideremo.»

«Non vuoi neppure rispondere al suo sms?»

«No, lasciamo che si roda nel suo tormento.»

Il giovane De Vito, tuttavia, sta peccando di presunzione. Neppure immagina, infatti, che la giornalista non solo non si sta rodendo nel suo stesso tormento, ma è ancora scatenata sul letto matrimoniale, gaudente e in dolce compagnia; e che, almeno per ora, non ne vuole sapere di mettere in standby la sua passione. Idem Cristina. La splendida Ella Fitzgerald, al contrario, ha smesso di cantare da un bel pezzo e nelle stanze dell'appartamento risuonano solo i piaceri delle due amanti.

Dopo una buona mezz'ora, le due donne decidono finalmente di separarsi, seppur di pochi centimetri, e di sottoscrivere un sofferto armistizio con lunghi sospiri di spossatezza.

La giornalista si accende una sigaretta: «Vuoi una?»

«No, meglio un piatto di spaghetti. Non ho ancora pranzato, pur di stare con te.»

«Neppure io, se è per questo. Ora mi fumo una cicca, poi andiamo di là e vediamo di sfamarci.»

Suona il telefono della Cabrini: è lo Sbirro: «Disturbo, giornalaia? L'animalista è lì con te?» ed emette due lunghi ululati, a cui fa seguire una divertita scatarrata.

«Sbirro, mi sorprendi: ormai non ne sbagli una.»

Lui prosegue con la sua risata. Quando torna serio dice: «Ho una notizia che ti renderà felice, giornalaia.»

«Spara, Sbirro.»

«Sai che lavoro faceva la madre di quella ragazza?» e dopo una breve pausa, prosegue: «l'infermiera. E sai dove?»

«Alla *Santa Beatrice*?»

«Già.»

«Oh, cazzo! Devo subito parlarle, Sbirro.»

«Impossibile, giornalaia.»

«Non dirmi che è minorenne anche lei.»

«È morta da due mesi: e comunque, ha lavorato in quella clinica fino a quasi diciassette anni fa.»

«E sua figlia ne ha sedici.»

«Infatti.»

«E tu, Sbirro, sei ancora convinto che il suo pestaggio, i pacchi e tutto il resto non abbiano senso?»

«Non l'ho mai pensato, giornalaia. Dico solamente che non costituiscono elementi sufficienti per aprire un'inchiesta.»

«Cazzo, Sbirro, come puoi dire certe stronzate? È tutto così chiaro: alla *Santa Beatrice* è successo o sta succedendo qualcosa di molto losco, e tu continui a fregartene? Vuoi che faccia uscire un articolo sulla vicenda?»

«Fa' pure, giornalaia. Ti arriverebbero tante denunce da costringerti a emigrare su Marte.»

Ne è convinta anche la Cabrini, ma non può ammetterlo: «Cosa devo fare, Sbirro?»

«Non scrivere nulla, giornalaia. Oggi andrò a parlare con quella ragazza e cercherò di capire se e quanto c'entri con la roba che ti hanno recapitato. Poi ti faccio sapere.»

«Un'ultima cosa, Sbirro: è possibile parlare almeno col padre della ragazza?»

«Impossibile anche con lui, giornalaia. Lei non l'ha mai conosciuto e la madre gliel'ha sempre tenuto nascosto. La giovane porta il cognome della madre.»

«E ora con chi vive?»

«Con i nonni materni. Ma non chiedermi altro, giornalaia, non posso dirti di più. Continua pure a fare acrobazie con la tua animalista» e riprende a ululare e scatarrare.

Chiusa la comunicazione, la Cabrini riflette ad alta voce: «Sua madre ha lavorato alla *Santa Beatrice* fino a diciassette anni fa e un anno dopo è nata sua figlia, che è anche handicappata. Quando quella donna si è licenziata, era sicuramente incinta. Cosa succede in quella clinica?»

Cristina aggrotta lo sguardo: «Cosa?»

«Niente, niente... Dov'eravamo rimaste?»

Mercoledì

Adelmo e Luiso sono sul maggiolone giallo. L'etiope sembra concentrato sulla guida, l'occhialuto non si sa: forse su Miriam Vallari, che fra poco i due incontreranno, o forse sulla recente figuraccia alla *Crazy Tower* o fors'ancora sulla sbandata che il ragazzo si è preso per la Cabrini. Sta di fatto che nessuno dei due sta aprendo bocca, a parte Adelmo che sbadiglia.

Sono quasi le undici del mattino, il cielo è ancora sgombro di nubi e l'autoradio è spenta, fatto insolito sul maggiolone dell'etiope. Si stanno dirigendo verso Pozzaglio, dove finalmente potranno parlare con Miriam Vallari. Ieri la giovane ha dettato, via Facebook, le condizioni dell'incontro, precisando ai due di arrivare alle undici in punto.

«Potresti andare più forte?» chiede Luiso. «Non vorrei che per un solo minuto di ritardo quella non ci aprisse la porta di casa.»

«Manco per idea: se mi becco una multa, chi me la paga, tu? O lei? E se mi tolgono punti dalla patente? Comunque, siamo quasi arrivati.»

Dopo cinque minuti, infatti, il maggiolone giallo si ferma di fronte a casa Vallari, puntuale. Il cagnone nero attacca ad abbaiare e sbavare. Al suo fianco c'è il padre di Miriam, che fa segno ai due ragazzi di aspettare: prende il cane per il collare e lo trascina sul retro dell'edificio. Intanto Adelmo e Luiso smontano dall'auto. L'uomo ricompare, si avvicina al cancello, lo apre: «Venite pure, Igor è al sicuro.»

Un po' intimoriti, i due varcano l'ingresso del cortile, poi seguono il padre di Miriam fin dentro, nel soggiorno dell'appartamento. Qui trovano la madre della ragazza, che per l'occasione si è abbigliata di tutto punto, con un vestitino floreale da cerimonia e sorridendo.

«Miriam sta arrivando. È così importante che abbia deciso di incontrare qualcuno.»

Adelmo e Luiso ostentano il loro disagio con le bocche stirate come clown. Si guardano attorno: sia l'ingresso sia il soggiorno, gli unici locali che hanno attraversato, sono arredati in arte povera, con credenze e librerie scure e pesanti. Sui ripiani e nelle vetrinette fanno bella mostra centrini, ceramiche e vecchi servizi di bicchieri. Al centro della stanza c'è un grosso tavolo rettangolare, circondato da quattro sedie con la seduta e lo schienale ricoperti da una tappezzeria in stoffa verde. Dal soffitto pende un lampadario con gocce di cristallo e finti candelabri. C'è odore di chiuso.

'Se sei depresso, qui non guarisci più' sta pensando Adelmo.

Dietro ai due appare la ragazza, giunta con passo felpato da un corridoio che porta chissà dove.

«Buongiorno» dice con un sussurro.

I due ragazzi sobbalzano, poi si voltano: «Buongiorno» rispondono intimoriti.

Miriam Vallari non è una gran bellezza, ma certamente meglio che nell'immagine fotocopiata dalla sua carta d'identità, quella che è stata infilata nella buca delle lettere della Cabrini. Ha, sì, il naso un po' pronunciato, così come i denti sporgenti e i capelli neri e crespi, ma nel complesso non è una brutta ragazza. Piuttosto magra, è sul metro e settanta, indossa dei jeans, un maglione larghissimo e ai piedi porta scarpe da ginnastica; ha le mani lunghe e affusolate, e unghie lunghe come artigli.

Adelmo e Luiso si sforzano di non osservarla all'altezza del seno.

«Bene» dice lei «siete stati di parola: non avete portato la giornalista, quella che dice di essere vostra zia.»

«Già» le risponde Luiso, rosso in volto, mentre Adelmo si tormenta un ricciolo.

La ragazza guarda prima la madre e poi il padre che, a quel punto, escono rapidi dalla stanza.

«Ora possiamo sederci» riprende a dire e, con un tono piuttosto duro, prosegue: «Se ho accettato di vedervi è perché mi interessa la storia che la vostra amica giornalista ha raccontato ai miei genitori. Soprattutto la questione del reggiseno e dei palloncini sgonfi. Mia madre e mio padre dicono che è tutta una cazzata, ma secondo me si sbagliano.»

I due restano imbambolati per qualche secondo, poi Luiso comincia a raccontare. Parte dal primo pacco ricevuto dalla Cabrini e, via via, in maniera molto dettagliata, spiega il resto della vicenda. Dopo una decina di minuti conclude: «L'ultimo invio è stata una busta, dentro c'era una vite arrugginita, un foglio che riportava il nome di un tal Pietro Leonardi e un'altra frase di Sartre: *Se nell'animo di un uomo è esplosa la libertà, gli dèi non hanno più alcun potere su di lui*. Tuttavia, non sappiamo dirti se la Cabrini abbia già incontrato quell'uomo. È da un po' che non la vediamo.»

'E la cosa mi fa soffrire un casino' vorrebbe aggiungere l'occhialuto.

Miriam ha ascoltato attentamente l'intero resoconto, senza un accenno di emozione. Ora se ne sta zitta, con lo sguardo incollato su quello di Luiso, che si fa paonazzo in volto. Adelmo, invece, si sta guardando intorno, con un dito infilato nei capelli e una gran voglia di sbadigliare. Forse ha anche fame.

«Ho l'impressione» dice finalmente la ragazza «che i vostri dubbi e quelli della giornalista siano fondati: in quella clinica sta succedendo qualcosa di molto strano, schifezze che io ho vissuto direttamente sulla mia pelle» Deglutisce a fatica e gli occhi le si inumidiscono. Forse piangerà, di certo l'ha fatto tante volte negli ultimi mesi. «Andate avanti a investigare e, se vi servirà una mia testimonianza, sapete dove trovarmi. Ora però vi devo salutare» e si alza con fare stanco. Adelmo e Luiso non si muovono, e lei ripete: «Ora vi devo salutare.»

E finalmente anche loro si rimettono in piedi, lasciandosi lentamente accompagnare verso la porta. Attendono un po' sull'uscio, Adelmo continuando a molestarsi i capelli, Luiso con l'occhio del pesce lesso.

Lei li osserva ancora per qualche istante, poi guarda verso il cortile, un'occhiata che è un esplicito invito ad andarsene.

Loro capiscono e raggiungono lesti il cancello, preoccupati che da qualche anfratto nascosto possa uscire Igor "il Terribile".

Sono le tre del pomeriggio e Betty Cabrini sta girando per i corridoi della clinica *Santa Beatrice*. Sembra indecisa se andare avanti o tornare indietro. Si ferma e prova a curiosare di sottecchi in una stanza. Vede due letti, con altrettanti degenti. Il reparto è quello di ortopedia, sezione maschile: riprende a camminare. Cosa stia cercando non lo sa neppure lei, ma qualcosa potrebbe scorgere, magari una figura conosciuta oppure una frase di Sartre scritta sul muro. Incrocia un'infermiera.

«Cerca qualcuno?» le chiede quella.

La giornalista non sa cosa rispondere: «Pietro Leonardi» dice lì per lì «ma forse ho sbagliato reparto.»

«È un nome che ho già sentito, ma di certo non è ricoverato qui. Forse qualche mese fa.»

"Già" sta per risponderle, e invece: «Ah, molte grazie. Magari provo da un'altra parte.»

Si allontana, fa pochi passi e una figura conosciuta, finalmente, la trova: fisico robusto, andatura dinoccolata, cranio rasato. 'E stronzo a non finire' pensa.

«Emiliano, cosa ci fai qui?»

«Perché non urli più forte, idiota?» È proprio lui, il pelatone, in pigiama, ciabatte e calzini bianchi.

La Cabrini gli si avvicina e lo abbraccia con l'irruenza di un'amante, poi attacca a sbaciucchiarlo su tutto il volto.

«E piantala» l'allontana lui «vuoi dare spettacolo? Siamo in una clinica, mica al mercato.»

«Cosa ci fai qui?» insiste la giornalista.

«Ssst» e la tira in una stanza, la sua. Ci sono due letti, entrambi sfatti, ma dell'altro degente non c'è traccia.

«Mi sono fatto ricoverare» dice Emiliano a bassa voce «è l'unico modo per capire cosa stia succedendo qui dentro.»

«Sei un genio» gli risponde la Cabrini, poi riprende a sbaciucchiarlo e lui ci sta. «Ma come hai fatto in soli due giorni?»

«Un medico amico di mio padre. Gli ho detto che accusavo un forte dolore al ginocchio destro e che mi avevano parlato bene di questo reparto. Gli ho anche spiegato che da anni non vivo più a Cremona e che avevo fretta di sapere se il mio menisco avesse problemi. Lui non ha fatto storie: ha chiamato il primario e quello mi ha fatto subito ricoverare, per dei semplici esami.»

«E il ginocchio come sta?» sorride lei.

«Mai stato meglio, cogliona.»

«Hai già scoperto qualcosa?»

«No, è da stamattina che sono qui. Domani mi faranno un paio di esami, poi mi dimetteranno di certo. Intanto mi guardo attorno.»

«Un genio, sei un genio» torna a esclamare lei. «Allora non ce l'hai più con me? Pensavo che...»

«Alt!» s'impone lui «domenica sera ti avrei presa a calci in bocca. Ora non più, ma non ti ho ancora perdonata.»

«Anche Luiso e Adelmo ce l'hanno con me, soprattutto Luiso.»

«E perché?»

«Lunedì sera» la Cabrini fa la faccia mesta del cocker «sono venuti a casa mia, mi hanno fatto una sorpresa, e io... io ero con un'amica e Luiso c'è rimasto male. D'altra parte anch'io ho una vita privata, no?!»

Emiliano ride: «Forse l'occhialuto ti aveva puntato.»

«Ma figurati... Non ci crederei neppure se me lo giurasse. È da quella sera che non li sento; oltretutto, ho scoperto che quel Pietro Leonardi è morto dopo un'operazione all'anca, qui alla *Santa Beatrice*, forse proprio in questo reparto. E ho anche saputo dallo Sbirro di uno strano episodio accaduto domenica sera in un vicolo del centro. Una sedicenne con dei gravi handicap è stata aggredita da due tizi in moto, che poi sono scappati.» La Cabrini spiega meglio l'accaduto, compresa la storia della madre infermiera della ragazza e del padre sconosciuto. Parla anche delle sue richieste allo Sbirro per conoscere l'identità della vittima.

«Non è certo lei che ci ha seguiti a Pozzaglio e che ti ha spedito il primo pacco e la busta» riflette il pelatone «ma potrebbe essere coinvolta, eccome, in questa vicenda. Forse c'è qualcuno che le sta dando una mano.»

«Lo penso anch'io. Le frasi di Sartre non possono essere una semplice coincidenza, così come il pestaggio. Forse sa delle schifezze che si compiono alla *Santa Beatrice* e qualcuno la vuole togliere di mezzo.»

«Già: è probabile che sua madre le abbia raccontato qualcosa. Potrei sentire Zack: se quella tipa è ricoverata all'Ospedale Maggiore, lui potrebbe dirmi qualcosa di più.» Sfila di tasca il telefonino e prova a chiamare l'infermiere, che però ha l'apparecchio spento: «Riproverò più tardi.»

«E qui com'è?» chiede la Cabrini, come se fosse in un villaggio turistico.

«Le infermiere sono dei cessi, a parte un paio. E il mangiare fa cagare.»

«Sempre raffinato, eh!?»

«Un milord.»

Squilla il telefono della Cabrini: è lo Sbirro. «Sei a cavallo dell'animalista, giornalaia?» esordisce il poliziotto.

«Ecco un altro raffinato!» dice lei. «No, sono in giro. Dimmi, Sbirro.»

Lui torna serio: «Sono andato da quella ragazza: non sa nulla sia della roba che hai ricevuto, sia di quei tre operati alla *Santa Beatrice*. Mi è sembrata sincera.»

«E del libro di Sartre che teneva in borsetta, hai chiesto niente, Sbirro?»

«Una passione trasmessa dalla madre. Niente di più.»

«E non le hai chiesto perché sua madre si fosse licenziata dalla *Santa Beatrice*, più di sedici anni fa?»

«Certo, giornalaia. Aveva ricevuto una cospicua eredità da una parente e così aveva deciso di trasferirsi dalle parti di Sirmione, sulle rive del Lago di Garda. Un buon modo per far nascere e crescere sua figlia, anche se poi sarebbe nata con grossi handicap.»

«E sui suoi aggressori? Non si è chiesta chi possano essere?»

«È convinta che siano dei folli, forse dei naziskin. Dice che è ormai abituata a insulti, sputi e spintoni. Non sembrava stupita.»

«Sai mica se sua madre, all'epoca, sapesse di essere incinta di una creatura disabile?»

«Che importanza può avere, giornalaia?»

«Non so» la Cabrini tace per qualche secondo, poi riprende «di certo è stata una bella coincidenza ricevere un'eredità proprio quando era prossima al parto.»

«La fortuna alle volte va a compensare le disgrazie, giornalaia.»

«Eppure... Va bene, Sbirro, grazie dell'informazione. Se sai qualcos'altro, chiamami.»

Lui ulula e scatarra, poi saluta.

La Cabrini chiude la chiamata e riassume a Emiliano le novità.

«Troppe coincidenze, in questa storia» commenta il pelatone.

Emiliano Leda

Gli ospedali non mi sono mai piaciuti e sfido chiunque a pensarla diversamente da me, a parte i medici e gli infermieri e le aziende farmaceutiche e le imprese di pompe funebri e forse qualcun altro che mi sto dimenticando. Betty lo sa e se n'è guardata bene dal ricordarmelo. Così come sa che sono un ipocondriaco cronico e che stare qui dentro mi innervosisce parecchio.

Ma ho deciso di scoprire cosa c'è dietro le operazioni chirurgiche di Miriam Vallari, Amilcare Cauzzi e Pietro Leonardi, e chi ne voglia rendere pubbliche le eventuali magagne.

Sono le dieci di sera, notte fonda in una clinica, ma anche l'ora migliore per curiosare. Sto camminando lentamente nei corridoi, come un normale degente insonne. Vado verso lo studio di uno degli anestesisti, Lucio Dondi. Il suo nome l'ho avuto da una delle infermiere più anziane, Rosalinda, con cui oggi pomeriggio ho scambiato due chiacchiere. Visto che Betty mi ha raccontato che la madre della ragazza pestata domenica scorsa ha lavorato qui fino a diciassette anni fa, ho avvicinato l'infermiera e mi sono inventato: «Parecchi anni fa, avevo una vicina di casa che era infermiera proprio qua, alla *Santa Beatrice*. Accidenti, come si chiamava?» e ho finto uno sforzo di memoria. «Ricordo che poi era rimasta incinta e si era licenziata... Ma come si chiamava, maledizione?»

E lei: «Ah, la povera Matilde Antonioli.»

«Povera?» ho continuato a fare lo gnorri.

«Sì, è morta due mesi fa.»

«Accidenti, quanto mi dispiace.»

«Eh sì, purtroppo... Com'era bella da giovane! Tutti gli uomini la corteggiavano, qui dentro, ma lei era fidanzata con uno degli anestesisti e non sembrava guardare altri che lui. Poi era rimasta incinta e pare che il padre di quella creatura non fosse lui. Le malelingue dicevano che Matilde si vedesse di nascosto col direttore sanitario, il professor Gianmaria Ghisolfi.»

«Addirittura» ho esclamato io, col fare della vecchia pettegola. «Se non mi sbaglio, dirige ancora questa baracca.»

Lei è arrossita in volto, forse consapevole di essersi spinta troppo in là: «Già, ma erano solo delle malelingue, e poi il professor Ghisolfi era già sposato e anche con una bellissima ragazza. Erano sposati da poco tempo e per lui era anche il secondo matrimonio: figuriamoci se tradiva la sua splendida moglie per un'infermiera. Sta di fatto che Matilde lasciò il suo fidanzato anestesista, si licenziò e andò a vivere in un'altra città, mi pare a Sirmione: da allora non l'ho più vista. Ho saputo, però, che ha avuto una figlia handicappata.»

«Oh, povera» ho aggiunto io «ma non se n'erano accorti, durante la gravidanza?»

«Certo, ma lei aveva scelto di farla nascere: una scelta sorprendente, per chi la conosceva.»

«Adesso che ci penso, ricordo quel tipo con cui stava» ho continuato a mentire «un bell'uomo, se la memoria non m'inganna. Lavora ancora qui?»

E lei, la fetente Rosalinda, mi ha fatto prima penare un po', fingendo di voler rispettare la privacy di quell'uomo, poi si è avvicinata al mio orecchio sinistro: «Non dovrei dirlo, non è corretto: sì, lavora ancora qui, si chiama Lucio Dondi. Burbero come un rinoceronte, e più va avanti con gli anni e più è burbero» e si è fatta una risatina idiota, che io ho contraccambiato con una risatina altrettanto idiota e una bella faccia da culo. «Non si è mai sposato, forse è per questo che è così acido.»

Dopo la chiacchierata con la linguacciuta infermiera, ho dato una sbirciatina alla cartella appesa al letto del mio compagno di stanza, un ometto di settantanove anni con tanta voglia di ridere, e ho scoperto che quel tipo è qui dentro da due settimane e già risulta aver cambiato tre reparti diversi. Anche se lui mi ha garantito di non essersi mai mosso da quella stanza.

L'ometto è ricoverato per un problema di artrosi alla schiena, eppure figura essersi fatto qualche giorno in cardiologia, in pneumologia e in urologia. Non so come, ma immagino che sia un modo per truffare il sistema sanitario.

Ora sono davanti allo studio di Lucio Dondi, al piano superiore rispetto alla mia stanza. Questa sezione sembra riservata ai medici. Non so se l'incontrerò ma, se accadesse, cosa gli potrei dire? 'Mi scusi, dottor Dondi, ha mai letto *L'essere e il nulla* di Sartre?' No, meglio di no. 'Dottor Dondi, ha mai trafficato con reggiseni, palloncini e viti arrugginite?' Peggio ancora. 'Salve, dottor Dondi, si ricorda della sua ex fidanzata, la Matilde Antonioli, quella che l'ha cornificato diciassette anni fa, rimanendo incinta con un altro uomo, forse il suo direttore sanitario?' Lasciamo perdere, vedrò di improvvisare qualcosa: prima lo guarderò in faccia, poi deciderò cosa dire.

Sono sicuro che quel tizio è parecchio coinvolto nella nostra faccenda.

La porta del suo studio è di legno e non capisco se dentro c'è qualcuno. Mi guardo intorno: il corridoio è deserto. Torno all'uscio e lentamente appoggio la mano destra sulla maniglia, facendo poi una leggera pressione. Sembra aperta: spingo. Dentro è completamente buio. Cosa faccio, entro? E poi? Boh. Vabbe', provo a entrare. Accendo la luce, richiudo la porta alle mie spalle e mi avvicino con passo felino alla scrivania in fondo alla stanza. Inizio a tirare ogni cassetto, inutilmente, visto che sono tutti chiusi a chiave, così come i vari armadietti che arredano lo studio. C'è anche qualche macchinario medico, ma non saprei cosa cercare lì. E neppure dalle altri parti, a dire il vero. Sbuffo: ho bisogno di allentare la tensione. Ho pure una gran fifa. Fanculo Betty e i suoi misteriosi pacchi. Do una rapida occhiata sopra alla scrivania, ma non trovo nulla che mi incuriosisca. Sbuffo di nuovo. Se entra qualcuno, mi becco una denuncia, meglio che esca, allora. Torno verso l'uscio, lo riapro, spengo la luce e mi infilo nel corridoio: sempre deserto. Sgambetto veloce verso le scale e ho l'impressione che qualcuno mi stia seguendo. Mi volto di scatto, ma non c'è nessuno. Almeno credo.

Giovedì

«E poi?»

«E poi la grande sorpresa della serata.»

«Cioè?»

«Un bisturi insanguinato. Era in un cartoccio di carta, sul mio letto.»

«Oh, cazzo!»

«Una paura...»

«E ora dov'è?»

«Sparito.»

«Sparito?»

«Sì, ho svegliato il mio compagno di stanza e gli ho chiesto se avesse visto qualcuno entrare. Lui mi ha risposto di no e si è rimesso a dormire. Allora sono andato a parlare con un'infermiera, ma quando siamo tornati in camera, il bisturi non c'era più. L'infermiera ha fatto una faccia: 'Se ne vada a letto, che è meglio' mi ha detto. Forse ha pensato che fossi ammattito.»

«Oh, cazzo» ribadisce la Cabrini. Di fronte a lei c'è Emiliano, che le sta raccontando della sua avventura di ieri sera alla clinica *Santa Beatrice*. È quasi mezzogiorno e i due sono alla *Crazy Tower*. Nel locale, oltre a loro, ci sono soltanto due tavoli occupati. Dietro al bancone c'è Fausto, il proprietario dal volto canino e dai pochi capelli raccolti in una ridicola coda. Ci sono anche una donna di mezz'età, Morgana e l'altra cameriera, l'Olivia di Braccio di Ferro, quella secca come un'acciuga, con braccia e gambe lunghe e dinoccolate, quella con cui il libidinoso pelatone farebbe un paio di capriole.

La Cabrini chiama Morgana e ordina un secondo caffè, questa volta corretto alla grappa. Emiliano ha finito il suo e ora si finge salutista chiedendo un succo d'ananas.

«E poi?» torna alla carica la giornalista.

«Sono rimasto sveglio tutta la notte. Con una fifa boia, e stamattina ho firmato per uscire. Lì dentro non ci torno più.»

La Cabrini stira il volto preoccupata: «E ora cosa facciamo?»

«Non so. In ogni caso, abbiamo tre informazioni in più: il nome della madre della ragazza, quello dell'uomo che fino a diciassette anni fa andava con lei e quello del suo probabile amante, forse padre di sua figlia. Oltretutto, se quella ragazza porta il cognome di sua madre, ora sappiamo che anche lei si chiama Antonioli.»

«Certo che se quel Ghisolfi dovesse essere il padre della ragazza, mai e poi mai l'avrebbe riconosciuta come sua figlia. Con tutti quegli handicap, poi.»

«Questo spiegherebbe la cospicua eredità, che sa molto di lauto compenso per zittire Matilde Antonioli sulla loro storia clandestina e sulla figlia non voluta.»

«Pensi sia stato l'anestesista a mettere quel bisturi?»

«È probabile, anche se non capisco come sapesse che ero lì a curiosare. Potevo essere un semplice ladruncolo.»

«Forse c'entra l'infermiera con cui hai parlato.»

«Potrebbe... Di certo, chi ti sta mandando pacchi e buste mi ha riconosciuto oppure ha riconosciuto te, quando parlavi con me in clinica. E potrebbe essere l'anestesista, l'infermiera o qualcun altro che lavora lì.»

«Dobbiamo contattare quel tipo, Lucio Dondi. Ho l'impressione che sia lui il mio misterioso amico. Se è vero che la sua ex l'ha tradito con il direttore sanitario, ha un buon motivo per creare problemi in quella clinica.»

«E ha aspettato tutti questi anni per vendicarsi?»

«Boh, non so. Forse ha trovato solo ora il coraggio per farlo, adesso che lei è morta. E comunque, lui ci potrà dare qualche informazione in più su quella ragazza. Forse la conosce... E il tuo amico Zack Monteverdi, sei riuscito a sentirlo?»

«Innanzitutto, non è mio amico. Per colpa del gioco d'azzardo, ha mandato in malora il suo matrimonio e due figli. Quelli come lui non mi piacciono e in ogni caso, non ho più intenzione di chiamarlo: se anche ci portasse da quella ragazza, lei non ci direbbe nulla di più di ciò che ha raccontato allo Sbirro. E poi immagino che sia una ragazza estremamente fragile, per cui preferisco non infierire su di lei.» Emiliano cambia discorso: «I tuoi cocchi? Li hai più sentiti?»

«No. Ho provato a richiamarli, ma nessuno dei due si degna di rispondermi. Ce l'hanno proprio con me.»

«Adelmo, non credo. Luiso sì, anche se è un buon ragazzo, è troppo suscettibile. O forse si è davvero innamorato di te.»

«Ancora con questa stronzata? Luiso sa perfettamente che sono lesbica. Che senso avrebbe farmi la corte? Tempo perso.»

«Al cuor non si comanda, sorellina cara. E visto che il giovanotto mi risulta essere ancora sessualmente immacolato, per lui ormai tutto fa brodo.»

Alla Cabrini scappa una risata: «Ridotta a fare il brodo di Luiso? Bella considerazione hai di me.»

Ride anche Emiliano.

«Proviamo a chiedere a Morgana» dice la Cabrini. La procace cameriera si sta avvicinando con la seconda ordinazione. «Che fine hanno fatto Adelmo e Luiso?» e intanto la giornalista sfila il portafoglio e paga. «Non so quante volte ho provato a chiamarli, ma non mi rispondono mai. Che tu sappia, ce l'hanno con me?»

Morgana sa, ma finge di non sapere. Arrossisce: «Adelmo non mi ha detto nulla. Non credo.»

«Ho capito: ce l'hanno con me, ma non vuoi dirmelo. Non importa.» Poi la Cabrini butta un occhio sul bel seno della ragazza e per un istante fantastica di tradire l'amante Cristina e l'amico Adelmo, poi prosegue: «Comunque, quando li vedi di' loro che non ci si comporta così. Io sono sempre stata corretta con loro e se, di tanto in tanto, mi concedo un po' di vita privata, non ci trovo nulla di offensivo per nessuno.»

Morgana ha ancora le guance arrossate: «La verità è che... Non dovrei dirlo, visto che non sono affari miei, però non vorrei che te la prendessi anche con Adelmo. Lui non c'entra niente: solo Luiso ce l'ha con te.»

«E perché? Perché mi ha visto con una donna, è per questo?»

«In un certo senso, sì. Mi diceva Adelmo che... Però non farti scappare nulla con Luiso, sì, insomma, che Luiso si è preso una cotta per te.»

«Oh, cazzo» esclama la Cabrini.

Emiliano invece attacca a ridere, sbattendo i pugni sul tavolo.

«Non è possibile» va avanti la giornalista «sono lesbica, cosa cazzo va a innamorarsi di me? Con tutte le belle donne che ci sono in giro.»

I pochi clienti si girano verso di lei e la risata di Emiliano diventa ancor più fastidiosa.

«E piantala!» gli dice la Cabrini.

«Neanche per idea» e il pelatone continua a sghignazzare e a scazzottare il tavolo.

Lei non insiste, ha altro a cui pensare. Prende il telefono dalla borsetta e cerca il numero di Luiso. «Se non mi risponde neppure questa volta...»

«Non dirgli nulla, Betty» la supplica Morgana.

«Non preoccuparti, fingerò di non sapere.»

La Cabrini resta in attesa di una risposta per almeno venti

secondi, poi butta giù tutto d'un fiato il caffè corretto alla grappa, chiude il telefono e lo ripone nella borsetta.

Il locale, intanto, inizia ad affollarsi per la pausa pranzo di lavoratori e studenti. Il sottofondo musicale è una raccolta di successi di Georges Brassens, un modo discreto e raffinato per ovattare i discorsi ai tavoli, riempire i silenzi e rilassare i palati degli avventori. Sarà anche cinocefalo e con uno squallido codino, ma sui gusti musicali del proprietario della *Crazy Tower* c'è poco da dire. A parte il sabato e la domenica pomeriggio.

«Pranziamo qui?» chiede secca la Cabrini. La giornalista è rossa in volto e la notizia della cotta di Luiso le ha peggiorato l'umore.

Emiliano torna serio: «Si può fare, a patto che durante il pranzo non mi scassi le palle con le indagini. Ho voglia di parlare d'altro.»

Morgana è ancora lì, prende l'ordinazione e poi si allontana. Quando torna col vassoio pieno, trova la Cabrini ed Emiliano che stanno parlando con lunghi bisbigli, come due amanti.

«Non posso dire di essere innamorata di Cristina» sta dicendo lei «ma mi piace e soprattutto ne avevo bisogno. Un bisogno non solo fisico, anche se...»

Pagano il conto, attendono che Morgana si allontani, poi Emiliano incalza Betty: «Anche se?»

«Anche se ci divertiamo non poco sotto le lenzuola.»

«Mmh...» mugola il pelatone «Se vi servisse una mano!»

«Fottiti, pervertito» ride lei. Poi torna seria: «E tu?»

«Io cosa?»

«Come sei messo a donne?»

«Costretto a fare la corte a te.»

«Come Luiso.»

«Già» Emiliano sorride con un filo di amarezza. «A parte gli scherzi, ho voglia di famiglia, di una donna con cui condividere la vita, di un figlio, meglio ancora di una figlia: la chiamerei Margherita.»

«Tu, padre? Povera figlia!» e gli allunga una carezza sulla guancia.

Lui fa la faccia del bietolone: «Vorrei una donna che mi amasse anche per la mia parte più folle.»

«Una psichiatra?»

Emiliano ride: «Allora ce ne vorrebbero tre.»

I due decidono di berci sopra e di iniziare finalmente ad aggredire le due piadine di fronte a loro.

«Ho intenzione di andare a trovare Lucio Dondi» dice poi Betty. «Credo che quel tizio sappia parecchie cose.»

«E come ti presenti?»

«Già, e come mi presento? E soprattutto: cosa gli chiedo?»

Sigaretta fra le labbra, la Cabrini è seduta sulla sua auto, di fronte a un grande condominio grigio che svetta a fianco di una lunga fila di edifici simili, nel quartiere Cambonino, alle porte della città. Grazie all'elenco telefonico, la giornalista ha scoperto che lì abita Lucio Dondi, l'anestesista della clinica *Santa Beatrice* che parecchi anni fa era fidanzato con Matilde Antonioli, madre della ragazza che domenica sera è stata aggredita in un vicolo del centro cittadino e nella cui borsetta è stato trovato *L'essere e il nulla* di Sartre, libro da cui provengono le frasi messe nei misteriosi pacchi recapitati alla Cabrini e in quello trovato sul cofano del maggiolone giallo di Adelmo.

«Troppe coincidenze» sta riflettendo ora la giornalista «le frasi, il libro, qualcuno che cerca di eliminare quella sfortunata ragazza e poi sua madre Matilde, che lavorava alla *Santa Beatrice*, la stessa clinica dove sono stati ricoverati quei tre. Matilde che forse tradì il suo fidanzato con il direttore sanitario. E ancora lei che ricevette una grossa eredità, proprio quando stava per diventare madre di una bimba con grossi handicap.»

Sono le quattro del pomeriggio. Il freddo è insistente e il cielo è tornato bigio e minaccioso.

«Qualcosa mi inventerò con quel tizio» dice secca la Cabrini. Smonta dall'auto e si avvicina alla sfilza di campanelli che spicca a fianco dell'ingresso del condominio. Getta la sigaretta a terra e intanto cerca e trova il nome dell'anestesista. Preme il campanello e si guarda intorno. Rimane in attesa per un minuto buono, ma in casa Dondi pare non esserci anima viva.

La giornalista sbuffa e decide di tornare in auto, accendersi un'altra sigaretta, dare volume all'autoradio con *Sally* di Vasco Rossi e di restare ferma lì almeno fino a quando il dottor Dondi si presenterà a piedi di fronte alla porta a vetri del condominio o in auto dinanzi alla discesa che conduce nei garage sotterranei. E poco importa che lei non abbia la più vaga idea della fisionomia di quell'uomo e neppure della sua autovettura.

«Che problema c'è? Mi lascerò guidare dal mio intuito.»

Apre il cruscotto e sfila una bottiglietta di grappa friulana: è quella delle emergenze. La stappa e se ne scarica una sorsata in gola. Poi dà due colpi di tosse e una lunga aspirata di sigaretta. E va avanti ad amoreggiare con i suoi vizi e stravizi per un altro paio d'ore e due album di Vasco Rossi, fino a quando, sbronza, intossicata e senza aver riconosciuto nessuno che potesse essere identificato con l'anestesista, smonta di nuovo e barcolla verso i campanelli, preme ancora quello di Lucio Dondi, attende inutilmente per una ventina di secondi, sacramenta come un'invasata e torna a sedersi in auto. Poi la mette in moto e, con mezza bottiglia di grappa nel cervello, si allontana. L'incosciente.

Intanto, ha preso a piovigginare e il buio serale si è già intrufolato nelle strade di Cremona e nelle ossa dei suoi cittadini. La Cabrini mette piede nell'ingresso della clinica *Santa Beatrice*, dopo una ventina di minuti di guida a passo d'uomo; e buon per lei e per gli altri frequentatori delle strade cremonesi che, seppur alterata dalla grappa, non abbia azzardato strane peripezie, se si escludono un quasi tamponamento a un autobus e un pedone schivato all'ultimo istante sulle strisce zebrate.

Entra e cerca subito, su un grande cartello informativo, il piano degli ambulatori medici. Poi ciondola verso le scale e per un istante le sembra che qualcuno la stia seguendo. Si volta di scatto, ma non vede nessuno. Quando arriva di fronte alla porta dello studio di Lucio Dondi, si ferma, si guarda intorno e si accorge di avere il fiatone.

«Maledette sigarette» rantola.

Bussa e attende qualche istante, ma nessuno le risponde. Ribussa inutilmente altre due volte. C'è un certo viavai nel corridoio, tra chi se ne sta seduto in attesa di chissà che e chi si trascina lentamente alla ricerca di un altrettanto chissà che.

«È inutile che insista, non c'è nessuno.» La Cabrini si volta e vede una donna sui quaranta, ben vestita, dall'aspetto e dai modi alquanto raffinati.

'Gran bella gnocca' pensa la giornalista, che invece dice: «Sto cercando il dottor Dondi.»

«Ha un appuntamento?»

La Cabrini non risponde subito. Sta quasi per inventarsi un 'sì', e invece biascica: «No, ma avrei bisogno di parlargli. Sa mica dove potrei trovarlo?»

La donna le sorride con garbo. Forse ha annusato il fiato alcolico della Cabrini: «Oggi non c'è: domani.»

«Domani» le fa eco la giornalista, sfiatando acquavite.

«Se torna domani, lo trova di sicuro» e le lancia un altro sorriso di cortesia.

«Grazie, tornerò domattina e lo troverò di sicuro» e si allontana barcollando. 'Gran bella gnocca' ripensa concupiscente. 'Chissà che non la incontri di nuovo, magari sotto le lenzuola.'

Si mette in auto e si avvia, lentamente e con grande cautela, verso casa. Arriva indenne sotto il condominio, dove parcheggia. Quando entra, nota un pacco appoggiato a terra, proprio sotto la sua buca della posta. Lo raccoglie. È più pesante degli altri tre. Anche questo avvolto in un giornale.

«Uh, uh, un nuovo regalino per me!» dice con la lingua appesantita dalla grappa. Lo scuote come una maraca. «Non vedo l'ora di aprirlo» e, pacco sottobraccio, inizia a ondeggiare su per le scale.

Non ha ancora chiuso l'uscio di casa, che già ha preso a scartare il plico: «Niente scatola di scarpe, stavolta.»

Infatti. Sembra piuttosto un contenitore per camicie. Sul coperchio spicca il marchio di un noto stilista. Lo apre e si trova fra le mani una risma di fotocopie. In cima c'è una frase stampata: *La montagna è opprimente, se mi trovo ai suoi piedi.*

«Immagino di chi sia.»

Posa il foglio sul tavolo e rapida fa passare il resto del malloppo.

«Estratti di cartelle cliniche della *Santa Beatrice...*» Sulla prima è evidenziato il nome di Miriam Vallari. Ci sono anche degli appunti scritti a mano: «*Era un nodulo innocuo. Non serviva asportarle il seno.*» La giornalista inizia a tremare: «Maledetti» dice fra i denti. Prende la seconda fotocopia. Questa volta è riportata la copertina della cartella clinica di Amilcare Cauzzi, con l'aggiunta di altri appunti: «*Una semplice bronchite. Perché levargli un polmone?* Già, perché?»

La Cabrini si sta accaldando. Ma insiste nel tenersi indosso il cappotto, la sciarpa e il basco. Col pacco di fogli tra le mani, decide di mettersi comoda sul divano. Prende poi la terza fotocopia e legge: «–. Oh, mio Dio» La giornalista chiude gli occhi e si accorge che il suo respiro è affannato. Rialza le palpebre e fa rapidamente passare sotto gli occhi il resto della risma: altre cartelle cliniche, altri nomi, ulteriori spiegazioni scritte a penna.

«Un campo di concentramento, altro che una clinica» e sbatte i fogli sul tavolino di fronte a sé. «Ora voglio vedere se la polizia non aprirà un'indagine.»

Afferra nervosa il telefonino, ma anziché chiamare lo Sbirro, compone il numero di Emiliano: «Grosse novità, tesoro» gli dice subito. «Un nuovo pacco, questa volta stracolmo di cartelle cliniche della *Santa Beatrice*, con tanto di spiegazioni delle schifezze che fanno in quella clinica.»

«Dove l'hai trovato?»

«Nell'atrio del mio condominio. Ora chiamo lo Sbirro e glielo porto, non potrà più far finta di niente.»

«Verrò anch'io, fammi sapere quando. Prima, però, fotografa tutto con una digitale. Non vorrei che i questurini lo facessero sparire.»

«Il solito malfidente, ma lo farò, poi ti faccio sapere quando andremo in questura.»

Chiusa la telefonata col pelatone, la giornalista chiama lo Sbirro: «Un altro pacco, Sbirro, questa volta con roba che scotta» e gli riassume il contenuto del nuovo plico. Si accordano per vedersi l'indomani e lo Sbirro sembra parecchio scocciato.

Invia un sms per avvisare Emiliano dell'appuntamento, poi la Cabrini sfila da un cassetto una macchina fotografica digitale e si mette a immortalare, foglio per foglio, la documentazione appena ricevuta. Infine telefona a Cristina: «Tesoro, stasera mi va di festeggiare. Ti aspetto.»

Venerdì

Sono le undici del mattino e lo Sbirro è proprio scocciato. Non si sbagliava ieri la Cabrini, anche se era facile intuire la reazione dell'uomo: «Sai cosa significa, giornalaia, aprire un'inchiesta su una clinica come quella? Casini, casini e ancora casini» sbatte un pugno sulla scrivania. La Cabrini non fa una piega e lui rincara la dose: «Significa andare a toccare i poteri forti di questa merdosa città, rischiare cazziatoni e ritorsioni, significa andare a destabilizzare l'opinione pubblica, soprattutto di chi è ricoverato in quella clinica. Dovremo poi mettere sotto controllo parecchi telefoni "importanti", con tutto ciò che ne consegue.»

Si sta rivolgendo alla Cabrini, ma lì con loro c'è anche Emiliano che, su queste ultime parole, interviene: «Significa soprattutto fare il vostro lavoro.»

Lo Sbirro sembra accorgersi di lui solo ora: «E tu che cazzo vuoi?»

«Che tu e i tuoi amici questurini facciate il vostro lavoro, senza cacarvi sotto davanti ai potenti.»

Tra Emiliano e lo Sbirro non è mai scoccato l'idillio. Si conoscono da anni, fin da quando il pelatone era collega della Cabrini al giornale. Ma i due non si sono mai sopportati, una reciproca insofferenza che li ha portati a scontrarsi più volte, anche duramente.

'Troppo simili' sta pensando ora la Cabrini, a cui non passa manco per la testa di fare da paciere tra i due.

Lo Sbirro la costringe a intervenire: «Cosa cazzo l'hai portato a fare?» chiede. Poi torna a ringhiare contro Emiliano: «Attento a quello che fai, pelato del cazzo, il tuo scherzetto a Resemini è ancora sul nostro libro nero.»

Il riferimento è all'editoriale che il 'pelato del cazzo' scrisse qualche anno fa a firma e insaputa del suo ex direttore.

«Una colpevolezza mai provata.»

«Buon per te, stronzo, altrimenti saresti ancora a far vermi in gattabuia.»

«Bum!» ridacchia Emiliano «pensa piuttosto a fare il tuo lavoro di sbirro. Hai tra le mani un'orda di schifosi criminali e te ne stai ancora a pensare a quell'editoriale?»

Squilla il cellulare della Cabrini e, per ironia della sorte, è Fulvio Resemini, l'ambrato direttore: «Betty, le avevo raccomandato di tornare oggi in redazione. E lei cosa fa?»

«Sono già al lavoro, direttore, ma in questura, dove sto raccogliendo il materiale per un'inchiesta che rivolterà Cremona come un calzino» e strizza l'occhio allo Sbirro, che contraccambia con un cordiale «Vaffanculo!»

«Non so di cosa si tratti» si preoccupa Resemini «ma prima di scrivere una sola parola, venga da me a parlarne. L'aspetto nel pomeriggio nel mio ufficio» e chiude la telefonata.

La Cabrini sbuffa: «Dai, ragazzi, non perdiamo tempo in inutili litigi e vediamo di tornare ai documenti che il mio misterioso amico mi ha mandato.» Lo Sbirro si accende una sigaretta e allunga il pacchetto alla Cabrini, che rifiuta l'offerta.

«Senti, giornalaia, passerò queste carte ai miei superiori, ma tu dovrai tornare per mettere nero su bianco l'intera questione. Vedranno loro cosa fare.»

«C'è un'altra cosa, Sbirro. Il qui presente Emiliano, anche se vi state sul cazzo a vicenda, si è dimostrato un ottimo segugio e ha scoperto parecchie cose interessanti su Matilde Antonioli, madre della ragazza aggredita qualche sera fa. E ha pure scoperto che lì ci lavora ancora il suo fidanzato di allora, un anestesista» e la Cabrini gli spiega cos'è venuto a sapere il pelatone, evitando di raccontare del ricovero e del ritrovamento di un bisturi insanguinato.

Al termine del racconto, lo Sbirro chiude gli occhi e china la testa sul petto, tenendo la sigaretta fra le labbra. La Cabrini resta in attesa di un suo commento, mentre Emiliano sta pensando se dire allo Sbirro che il divieto di fumo vale anche per i poliziotti. Preferisce tacere, lasciando che sia una finta tosse isterica a parlare per lui. Lo Sbirro sembra non cogliere la provocazione.

«È chiaro, che c'è un legame tra i pacchi che hai ricevuto, quella ragazza e sua madre, anche se non saprei dire di che tipo. E forse a mandare quei pacchi e sto malloppo di carte è stato proprio Dondi. E forse è lui che ha provato a far fuori la figlia della sua ex. Ma da qui a dire che alla *Santa Beatrice* stia succedendo qualcosa di criminoso ce ne passa.»

«Ce ne passa?» chiede Emiliano infastidito.

«Certo» si altera lo Sbirro «non bastano quattro carte scarabocchiate a mano, cazzo, per dire che in quella clinica si stanno compiendo porcherie. Se fosse così semplice sbattere la gente in galera, tu ci saresti da un bel pezzo. Prove, ci vogliono prove, e quelle dobbiamo prima cercarle, poi trovarle. Altrimenti solleviamo un polverone per niente. D'accordo?»

Gli squilla il telefono, lo Sbirro risponde, resta ad ascoltare per qualche istante, infine chiede: «Come hai detto che si chiamano? Lucio Dondi e Saverio Riccamonti? Arrivo» chiude la telefonata, schiaccia il mozzicone nel portacenere e si alza dalla sedia.

«Lucio Dondi si è suicidato mezz'ora fa. Si è sparato un colpo in testa. Prima, però, ne ha sparato uno anche nella testa di Saverio Riccamonti, primario della ginecologia alla *Santa Beatrice*. Morti tutt'e due.» Recupera il cappotto. «È successo nel cortile della clinica. Non chiedermi nulla di più, giornalaia, fra un po' ti faccio sapere. Ora vado là.»

«Veniamo anche noi» ci prova la Cabrini.

«Neanche per idea.»

«E di queste carte posso scrivere?»

«Neanche per idea» ripete il poliziotto «ti dirò io quando, e ora levatevi dalle palle» poi si allontana di corsa dall'ufficio.

Anche la Cabrini e Emiliano escono dalla questura, seppur con un passo meno rapido. Arrivano in strada e la giornalista è già un fiume in piena.

«È chiaro, a questo punto, che a mandarmi quei pacchi e tutto il resto è stato Lucio Dondi. Prima mi ha passato il materiale per fare aprire un'inchiesta, poi ha deciso di farla finita. Ma perché ha ammazzato quel ginecologo? Cosa c'entra Riccamonti in questa storia?»

Emiliano resta taciturno, bianco in volto, di tanto in tanto commenta le riflessioni della Cabrini con dei brevi mugolii emessi in maniera del tutto causale, segno evidente che non la sta affatto ascoltando.

«Di certo c'entra anche quel Riccamonti nella lunga serie di nefandezze alla *Santa Beatrice*» continua lei «poi, per chissà quale motivo, Dondi ha deciso di farlo fuori e di farla finita.»

«Mmh...»

«Ma sarà stato proprio Dondi a mandarmi i pacchi? E perché? Forse perché ha finalmente scoperto con chi lo aveva tradito Matilde o forse perché ha conosciuto quella ragazza, la figlia della sua ex, e ha deciso di vendicarsi del suo capo.»

«Mmh...»

«D'altra parte, quando la polizia tirerà fuori le schifezze della *Santa Beatrice*, tutto il personale che vi lavora finirà sotto processo. E lui, Dondi, sarebbe stato tra i principali imputati, visto il lavoro che faceva lì.»

«Mmh...»

«Quello che mi chiedo, però, è come facesse a trovare il tempo per lavorare e seguirmi in ogni mio spostamento. A meno che...»

«Mmh...»

«Non si fosse messo in ferie. No, non può essere, visto che ieri mi hanno detto che era in turno di riposo e che oggi sarebbe tornato. Non mi hanno...»

«Mmh...»

«Detto che era in ferie. Altrimenti me l'avrebbero detto, no? Ma perché ha ucciso il ginecologo? Forse Matilde Antonioli lo aveva tradito anche con quel Riccamonti? Una vendetta decisa dopo diciassette anni? Che assurdità. E chi ha provato a togliere di mezzo la figlia di Matilde Antonioli? E perché?»

Arrivati all'auto della Cabrini, Emiliano smette finalmente di mugolare.

«Io torno a piedi.»

«Ma hai l'auto sotto casa mia e fra un po' comincerà a piovere.»

«Non m'importa, ho voglia di camminare.»

«Ma stai bene? Sei pallidissimo.»

«Benissimo, non preoccuparti. Quando hai novità, fammele sapere» e il pelatone si allontana con la testa bassa e il passo stanco.

«E questo, direttore, è il riassunto di quello che mi è accaduto negli ultimi giorni. Non ne posso ancora scrivere, almeno fino a quando in Questura non mi diranno il contrario. Ma tutti quei pacchi e messaggi faranno partire un'inchiesta di cui si parlerà per parecchio tempo. Ora sono in attesa che mi passino tutti i dettagli sull'omicidio di Riccamonti e sul suicidio di Lucio Dondi.»

Sono le tre del pomeriggio e Betty Cabrini è al cospetto di Fulvio Resemini, nell'ufficio dell'ambrato direttore. È seduta di fronte a lui, con indosso il solito cappotto, sciarpa e basco neri. Vorrebbe fumare, ma questo non è l'ufficio dello Sbirro.

Resemini se ne sta quasi sdraiato su una specie di trono a rotelle, col capo chino, gli occhi chiusi, la mano destra ad avvolgere bocca e mento, la sinistra poggiata sul bracciolo. È abbronzato come una liquirizia, con i capelli più caramellati del solito e scrupolosamente spalmati all'indietro. È abbigliato come un gangster, con un completo gessato nero, una camicia altrettanto nera e un'ingombrante cravatta gialla leggermente allentata al colletto. Ai piedi sfoggia degli stivaletti "non per tutti", un po' in stile vecchio western e un po' da anziano e patetico biker, di certo equivalenti allo stipendio di un metalmeccanico.

Tra di loro si frappone una scrivania in rovere su cui ci potresti pattinare, visti l'imponenza e lo sgombro da qualsiasi oggetto, se si eccettua un computer portatile ora a riposo. Più in là, su un mobiletto sempre in rovere, campeggia un televisore di innumerevoli pollici, sintonizzato su un canale di notizie 24 ore su 24, anche se, almeno per il momento, con l'audio silenziato. Il resto dell'ufficio è arredato secondo il *Resemini style*, vale a dire spocchioso, bronzeo e conservatore, con cupe librerie appesantite da varie enciclopedie d'epoca, quadri di paesaggi esotici, lontani e forse inesistenti, e una gigantografia fotografica del direttore a fianco di un ex Presidente del Consiglio particolarmente sorridente e barzellettiere.

Resemini apre finalmente bocca, seppur continuando a rimanere inchiodato nella sua postura fintamente rilassata.

«È tutto?»

«Le sembra poco?»

«Sì, almeno fino a quando non ne potremo scrivere. Chi le ha mandato quella roba potrebbe essere chiunque: un paziente disperato, un medico invidioso o anche un mitomane.»

«Un mitomane? Un paziente disperato? Direttore, per accedere a quei documenti bisogna essere un dipendente della *Santa Beatrice*.»

«Appunto: potrebbe essere un mitomane dipendente della clinica oppure un paziente disperato con un complice in quella clinica. Anche se è più probabile che sia quel Lucio Dondi, cornificato diciassette anni fa e con un orgoglio a scoppio ritardato. Per adesso, quindi, lasci stare. Si limiti a scrivere dell'omicidio-suicidio, senza alcun commento personale.»

La Cabrini sbuffa infastidita, ma non aggiunge parola. D'altro canto, il patinato direttore non la sta sorprendendo: lui è pavido da sempre, ruffiano, ipocrita e paraculo, ed è proprio grazie a queste sue inclinazioni che è lì, stravaccato su quel maestoso trono, con un fare da padrone e un'indole da marionetta, pronto a maltrattare i suoi redattori e a prostrarsi di fronte a chiunque detenga un potere di poco superiore al suo. E la Cabrini, sfortuna sua, in quanto a potere è messa piuttosto male.

«In attesa di qualche particolare in più sulla vicenda, si metta al lavoro su un'altra cosa. Pare infatti che le grandi firme dell'abbigliamento siano in crisi. Ecco, lei dovrà farsi un giro dei principali negozi e verificare come è messa Cremona a questo proposito. E mi raccomando, non si dimentichi di sentire anche il nostro amico...»

La Cabrini non lo sta più ad ascoltare, lasciando che la voce di Resemini si confonda lentamente nel frastuono degli strali e degli improperi che da qualche secondo lei gli sta lanciando, inutili incantesimi che mai andranno a buon fine, anche se tentar non nuoce.

Quando torna in redazione, sembra non accorgersi dei colleghi, oggi più numerosi del solito, tra chi cazzeggia al computer, chi parlotta a mezza voce e chi scrive con una frenesia quasi patologica.

Si sistema alla sua scrivania, evita di togliersi pastrano, sciarpa e basco, attacca il pc e fa per accendersi una sigaretta.

«Betty!»

È Giacomo Comandulli, il giornalista più leccaculo della redazione e forse del reame. Lui e Corsini sono i confidenti prediletti da Resemini.

«Eh?» lo sguardo della Cabrini è perso.

«Qui dentro è vietato fumare» cantilena Comandulli, col fare della vecchia comare «da parecchi anni, oltretutto. Invece là...» e sposta gli occhi verso il *refugium peccatorum*, un terrazzino dove trovano riparo i tabagisti della redazione: è quasi sempre affollato. Ora c'è solo Valsecchi.

«Ah, ma non volevo accenderla» mente lei, con la sigaretta in una mano e l'accendino nell'altra. «La tengo spenta fra le labbra, mi aiuta a concentrarmi meglio. Non preoccuparti, Comandulli, vai avanti con quello che stavi facendo. O non facendo» e fra i denti lo manda a farsi fottere. Poi ripone sigaretta e accendino nella borsetta, sfila il telefonino e, indifferente ai commenti del collega, chiama lo Sbirro.

«Giornalaia, ti stavo chiamando. Sono appena tornato in ufficio e...»

«Dimmi di Dondi e Riccamonti.»

«Morti» sghignazza il poliziotto, con una gran scatarrata. «Pare per una forte emicrania» e lo Sbirro continua con la sua risata scarburata.

«Omicidi e suicidi ti mettono di buonumore, Sbirro. Hai altro da raccontarmi?»

Il poliziotto torna serio: «Dondi è stato visto stamattina all'Ospedale Maggiore. Era andato a trovare quella ragazza. L'abbiamo già sentita. Lei non lo conosceva, ma sapeva chi era. Lui le ha raccontato la storia d'amore con sua madre, le ha chiesto come stava, poi l'ha salutata e se n'è andato.»

La Cabrini sbuffa. Non poter incontrare quella ragazza è

ormai diventato un tormento: «Nient'altro, Sbirro? Quanti anni avevano Dondi e Riccamonti?»

«Quarantasette il primo, quaranta il secondo. Riccamonti era figlio d'arte: anche suo padre era stato primario ginecologo alla *Santa Beatrice*. Fino a una decina d'anni fa, poi è morto d'infarto. Forse per le troppe fighe che aveva visto in tanti anni di professione» e riattacca a sghignazzare.

«Interessante, non ha lasciato un biglietto d'addio, Dondi, una qualche spiegazione per quello che ha fatto?»

Lui smette di divertirsi: «Niente, giornalaia. Una raccomandazione: quando scriverai, evita di lavorare d'uncinetto, mi raccomando.»

«Posso scrivere che lavoravano alla *Santa Beatrice*?»

«A questo punto sì, giornalaia pettegola, ma non esagerare, mi raccomando!»

«Non preoccuparti, Sbirro.»

«E invece mi preoccupo, giornalaia. La vicinanza del "pelatone del cazzo" non ti ha mai fatto bene.»

«Ti ripeto di star tranquillo, Sbirro. Quando avrai novità, fatti sentire.»

Brava, sei andata in Questura, ma lì ci sono troppi fifoni. Insisti... Peccato per Lucio Dondi e Saverio Riccamonti, ma loro erano le ultime ruote del carro. Un carro trainato da Gianmaria Ghisolfi, il direttore. È lui che devi torchiare: gli altri sono soltanto dei sudditi.

Sono le nove e un quarto di sera e la Cabrini è di fronte alla sua buca delle lettere. Tra le mani tiene un foglio scritto al computer, l'ennesimo messaggio del suo misterioso interlocutore.

«Che a questo punto non può essere Lucio Dondi, pace all'anima sua. Ma chi, allora?»

La Cabrini prende la via delle scale, borbottando frasi incomprensibili ma dal tono preoccupato. Fra un po' arriverà Cristina e sarà una serata caliente.

«Forse.»

La giornalista comincia a pensare che stasera vorrebbe starsene per i fatti suoi.

«A riflettere. Ero convinta che pacchi, messaggi e telefonate fossero opera di Dondi, e invece... Ora non mi resta che sentire il direttore della *Santa Beatrice*, quel Gianmaria Ghisolfi che qualche pettegolo diceva essere l'amante di Matilde Antonioli, l'ex fidanzata di Lucio Dondi e madre di quella sfortunata ragazza.»

Entra in casa, attacca il riscaldamento, si libera di ogni indumento e si mette sotto la doccia. Quando ne esce, sente il trillo del citofono.

«Chi è?»

«Cristina. Dov'eri, tesoro? È da dieci minuti che sto suonando. Ho anche provato a telefonarti.»

«Ero sotto la doccia, scusami. Ora ti apro.»

Cristina arriva e trova la sua bella in accappatoio.

«Mmh... Il mio amore è già pronto» sospira con un sorriso malizioso in viso.

«Sì, anche se stasera non è che abbia tanta voglia di...»

Cristina non la sta ad ascoltare. Le scioglie la cintura in vita, facendole cadere l'accappatoio sul pavimento.

«Cris, aspetta, ti stavo dicendo che stasera...»

Ma le labbra della ragazza sono già due morbide ventose che scivolano lungo il corpo della Cabrini come le carezze di una farfalla.

Suona il cellulare, è quello della Cabrini.

«E che cazzo» si blocca Cristina «potevi spegnerlo.»

«Non me ne hai dato il tempo. Pronto?»

«Giornalaia, ho interrotto qualcosa d'importante?»

La giornalista, come mamma l'ha fatta, si sposta dal centro del soggiorno al divano, per poi accomodarvisi. «Forse.»

Lo Sbirro lancia un improbabile ululato, dà due colpi di sghignazzo gorgogliante, poi dice serio: «Stasera, poco dopo le diciannove, qualcuno ha pestato Gianmaria Ghisolfi, il direttore della *Santa Beatrice*.»

«Oh, cazzo» è il commento della Cabrini. Poi fa segno a Cristina di portarle l'accappatoio, sta sentendo freddo. La ragazza ubbidisce infastidita.

«Già» continua il poliziotto «un tizio con un casco da motociclista e imbacuccato come un marine in assetto di guerra lo ha aspettato davanti a casa. Quando Ghisolfi si è fermato di fronte al cancello automatico in attesa che si aprisse, quel tizio è saltato fuori, ha rotto il finestrino con un mattone e gli ha tirato un paio di cazzotti in faccia. Ha poi spalancato la portiera e lo ha ricoperto di letame. Lo teneva in un sacchetto di plastica.»

«Ricoperto di merda?» la Cabrini scoppia a ridere, con l'accappatoio poggiato sulle spalle e un'imbronciata Cristina seduta al suo fianco.

«C'è poco da ridere, giornalaia. In quella clinica stanno succedendo troppe cose strane.»

«È da un po' che cerco di dirtelo, Sbirro. Poi cos'è successo?»

«Quel tizio è fuggito di corsa, facendo perdere le sue tracce. Ghisolfi è riuscito a vedere una moto filare via con due tizi a bordo. Ma nient'altro, neppure la targa.»

«E nessuno si è accorto di niente?»

«Nessuno, giornalaia. Ghisolfi era di ritorno dalla clinica. Lo avevamo interrogato qualche ora prima, per le morti di Dondi e Riccamonti.»

«E ora dov'è, in ospedale?»

«No, si è fatto medicare dalla moglie. A parte qualche scheggia di vetro, un dente saltato e tutta quella merda tra i capelli e in faccia, se la caverà in fretta.»

«Dove abita?»

«In una villa fuori città.»

«E non aveva videocamere, lì vicino?»

«Oscurate, qualche secondo prima, con una vernice spray. Erano almeno due persone. Ma dalle immagini registrate è impossibile capire chi fossero, imbacuccati com'erano.»

«Qualche sospetto, Sbirro?»

«Nessuno, giornalaia. Un lavoro benfatto.»

«Cosa farete ora?»

«Non te lo so dire. Lo interrogheremo di nuovo. L'inchiesta sui "tuoi" pacchi e tutto il resto è comunque già partita. Lui non ne sa ancora nulla. E neppure tu, vero?» il poliziotto alza la voce «E non scrivere neppure del pestaggio.»

«Capito, Sbirro: non ne scriverò. Aspetto tue notizie.»

Salutato il poliziotto, la Cabrini chiude gli occhi e prova a inspirare profondamente.

Cristina la sta a osservare per qualche secondo, poi dice: «Vuoi che me ne vada, Betty?»

«Eh? Sì, forse è meglio. Scusami, Cris, ma stasera non è sera: prima il direttore con le sue stronzate, poi i colleghi leccaculo e ora lo Sbirro che... Vabbe', magari ci vediamo domani sera. Verso le 18.30, che ne dici?»

Non appena Cristina mette piede sul pianerottolo delle scale, la Cabrini telefona a Emiliano. Deve aggiornarlo sulle ultime vicende.

Quando il pelatone sente del pestaggio a Gianmaria Ghisolfi, comincia a ridere in maniera sguaiata.

«Ben gli sta, pezzo di merda.»

«Già, però ora cosa facciamo?»

«Cosa intendi dire?»

«Ora che sappiamo che Dondi non c'entra niente, chi cerchiamo?»

«Nessuno. Il nostro compito è finito, almeno per ora. Dobbiamo solo aspettare di vedere cosa faranno i piedipiatti.»

«Senza muovere un dito?»

«Senza muovere un dito.»

Sabato

«Costretta a scrivere di capi firmati, accidenti, come una qualsiasi tirocinante. Ma devo starmene zitta, ora. Evitando di litigare con Resemini o con la proprietà del giornale. E in attesa che gli sbirri "scoperchino" la *Santa Beatrice*. Poi gran parte del merito sarà mio, e allora...»

Sono le undici e venti del mattino, e a Cremona ha ripreso a nevicare un paio di volte e sempre un paio di volte ha smesso. La Cabrini è in redazione, alle prese con un articolo che mai entrerà negli annali del giornalismo. Non si è fatta il giro dei negozi d'abbigliamento, tanto raccomandato da Resemini, preferendo raccogliere per telefono tutte le informazioni sul calo di vendite delle "grandi firme". Di tanto in tanto, tra una riga e l'altra, parte con i suoi soliloqui, sbattendosene altamente di Comandulli e Corsini, dei loro commenti, delle loro risate e del loro continuo darsi di gomito.

Da quelle parti c'è anche Valsecchi, ma lui non si accorge mai di nulla o così vuole far credere. È alle prese con la tastiera del suo pc, su cui sta pigiando con un solo dito, l'indice destro, lasciando che le altre dita assistano inerti, esclusi l'indice e il medio sinistri, impegnati a tenere una sigaretta spenta.

«E non posso neppure scrivere del pestaggio a Ghisolfi;» continua la Cabrini «meno male che ieri ci sono riuscita con l'omicidio di Riccamonti e il suicidio di Dondi. Anche se con le mani legate. E come se non bastasse, Emiliano mi dice di starmene ferma ad aspettare: fosse facile. Con gli sbirri che chissà quando metteranno le mani su quella clinica e con quei criminali in camice bianco che compiono porcherie a non finire, qualcosa devo fare. Altro che! Potrei parlare con quel Gianmaria Ghisolfi: alla faccia dello Sbirro e del pelatone.»

Le suona il cellulare: «Luiso, amico mio, che sorpresa! Che fine avevi fatto? Perché non ti sei più fatto sentire? Sei arrabbiato con me? E Adelmo come sta?»

«Ciao Betty, scusami, ma avevo bisogno di starmene un po' per i fatti miei. Ti spiegherò» Il ragazzo ha un tono mesto e balbuziente. «Ho letto il tuo servizio sulle morti del ginecologo e dell'anestesista della *Santa Beatrice*. Poi mio padre mi ha raccontato del pestaggio al direttore di quella clinica: Come procedono le tue indagini?»

«Ho raccontato alla polizia tutto quello che mi è successo. Ho anche portato in questura l'ultimo pacco che mi è arrivato. Ora tocca a loro. E tu cosa mi dici?»

«Qualche giorno fa, io e Adelmo siamo riusciti a incontrare Miriam Vallari, anche se non ci ha raccontato grandi cose. Se ti va, ci possiamo vedere oggi pomeriggio.»

«Per me va benissimo. Una birretta alla *Crazy Tower*?»

«È da un po' che non ci vado: è ora che ci torni.»

«Facciamo verso le 18? Magari ci mangiamo qualcosa in compagnia, che ne dici?»

Ci sono anche Adelmo e Emiliano, il primo con gli occhi fissi sulle evoluzioni tra i tavoli della sua pupa, il secondo con le mandibole serrate e un fare particolarmente nervoso. Nessuno dei due parla, lasciando che lo facciano la Cabrini e Luiso. La giornalista e l'occhialuto si stanno reciprocamente aggiornando sul caso *Santa Beatrice*, con Luiso che ha già descritto nei minimi dettagli il colloquio con Miriam Vallari e la Cabrini che ha riassunto gli avvenimenti successivi al loro ultimo incontro.

Luiso ha evitato qualsiasi accenno al motivo che lo ha tenuto lontano dalla giornalista negli ultimi giorni, né la Cabrini gli ha lasciato intendere che lei, quel motivo, lo conosce bene. L'impressione, tuttavia, è che entrambi sappiano che l'altro sa.

L'occhialuto, fra l'altro, è al suo rientro alla *Crazy Tower* dopo il vergognoso spettacolo dell'ultima sera. Ora si sta guardando intorno, nella speranza di non incrociare lo sguardo di chi, a quella memorabile serata, era presente e si è pure divertito. Fortuna sua, a parte Morgana e Fausto – il cinocefalo proprietario della birreria – pare non esserci alcun testimone di quello show.

Sono quasi le sette di sera, la *Crazy Tower* straborda e i quattro, dopo una birretta a testa, stanno aspettando la cena, una spaghettata aglio e olio, annaffiata con un Refosco 'dal Peduncolo rosso' proposto da Emiliano.

La techno trendy del sabato pomeriggio ha già lasciato il passo al palinsesto musicale della sera, con i grandi classici del rock e del cantautorato internazionale a farla da padroni. Ora ci sono i Rush e la loro *Tom Sawyer*.

Suona il cellulare della Cabrini, è Cristina.

«Oh, cazzo» dice la giornalista, poi risponde sottovoce: «Dimmi.»

«Betty, dove sei? Ieri ci siamo date appuntamento per stasera alle 18.30: è da mezz'ora che sono sotto casa tua... A che ora arrivi?»

«Mi spiace, ma ho avuto un impegno improvviso», balbetta la Cabrini «un impegno di lavoro, sai com'è.»

«E cos'è questo frastuono? Sei in discoteca?»

«Ma no, quale discoteca. Sono in auto: sai che adoro tenere la musica alta.»

«Quindi stai venendo qua?»

«No, veramente, come ti dicevo, ho avuto un impegno e...»

«Senti, Betty, o ti fai vedere entro un quarto d'ora o con me hai finito» e la ragazza chiude la comunicazione.

«Fanculo» sbotta la Cabrini, poi guarda gli altri tre: «Stavamo dicendo?»

«Ti sei scordata della tua amante?» inferisce Emiliano, insensibile al disagio dell'amica e ai patimenti d'amore di Luiso, lì presente.

«Lasciamo perdere. Le passerà!»

Servìti da Morgana, arrivano intanto gli spaghetti e il Refosco. La procace fanciulla scarica piatti, posate, bottiglia e bicchieri, incassa il conto, dà un buffetto al suo cavaliere adorante, lui gongola beato e lei torna rapida nel dedalo della birreria.

«Buon appetito, amici miei» esclama un po' a sorpresa Emiliano. Il sorriso con cui accompagna l'auspicio è teso come la corda di un violino. Gli altri lo squadrano con un'espressione stranita. «Intanto che ceniamo, vorrei raccontarvi una storia piuttosto importante. Ha a che fare con Lucio Dondi.»

«Lucio Dondi?» si preoccupa la Cabrini.

«Già. Ho incontrato quell'uomo.»

«Lo hai incontrato?» si preoccupa ancora di più la giornalista.

«Alla *Santa Beatrice*, la notte in cui mi sono fatto ricoverare, dopo che ero stato a curiosare nel suo studio. Ti avevo raccontato di essere uscito da quella stanza e di avere l'impressione di essere seguito da qualcuno: era lui.»

«Il bisturi insanguinato, allora? Era stato lui a metterlo sul tuo letto?»

«Non c'era nessun bisturi. Te l'ho raccontato per giustificarti la mia uscita anticipata dalla clinica. D'altra parte, dopo aver incontrato Dondi, non avevo più motivo di restare lì dentro.»

La Cabrini e i *Delmo&Luis* tacciono, tutt'e tre con la forchetta immobile, infilzata negli spaghetti.

«Mangiate pure, che poi si freddano» dice il pelatone, con finto fare paterno. E dà il buon esempio arrotolandosi una manciata di pasta e portandosela alla bocca. «Buoni... Forse poco piccanti, ma davvero buoni.»

«Chi se ne frega degli spaghetti, Emiliano» sbraita la Cabrini «dimmi di Lucio Dondi e del vostro incontro.»

«Va bene, sorellina, ma rilassati. Dicevo che dopo essere stato nel suo studio, quell'uomo mi ha raggiunto chiedendomi cosa ci facessi lì. Ho provato a rispondergli in maniera vaga, ma lui ha insistito minacciando di chiamare la sorveglianza. A quel punto gli ho detto il vero motivo per cui mi ero fatto ricoverare: dei pacchi, dei messaggi e delle telefonate che tu avevi ricevuto, della figlia della sua ex fidanzata, del fatto che era stata picchiata qualche giorno prima e tutto il resto. Comprese le nostre indagini. Lui mi è sembrato sorpreso. Mi ha detto di non sapere nulla di quella ragazza, né tanto meno del suo pestaggio. Così come non sapeva dei pacchi. Ha anche aggiunto di non aver più incontrato Matilde Antonioli da quando lei lo aveva lasciato, anche se sapeva bene che lei si era trasferita dalle parti di Sirmione. Ma lui non l'aveva più cercata.»

Emiliano si infila in bocca un paio di forchettate di spaghetti e le bagna con un sorso di vino, poi riprende: «Gli ho chiesto cosa ci fosse dietro le operazioni di Miriam Vallari, Amilcare Cauzzi e Pietro Leonardi. Lui ha esitato un po', al che ho giocato sporco dicendogli che di lì a poco la polizia avrebbe aperto un'inchiesta sulla *Santa Beatrice* e che gli conveniva dirmi tutto ciò che sapeva, meglio ancora se collaborava con noi.»

«E lui?» chiede la Cabrini.

«Lui ha ammesso tutte le schifezze che si stanno compiendo da anni in quella clinica: operazioni inutili, cartelle cliniche falsificate, spese gonfiate, rimborsi esorbitanti a carico del sistema sanitario, truffe continue che di certo godono della complicità di qualche politico. Per non parlare degli accordi con le grandi case farmaceutiche per somministrare farmaci inutili e costosi, o anche per sperimentarli all'insaputa dei pazienti. Ma soprattutto crimini che, oltre ad ammazzare o a invalidare la vita di molte persone, stanno riempiendo i conti in banca del direttore della *Santa Beatrice* e di un nutrito gruppo di medici. Dondi compreso, pace all'anima sua.»

«Quindi lui sapeva tutto?» domanda Luiso.

«Tutto. E alla fine ha anche ammesso di essere stato lui a spedire i pacchi e tutto il resto.»

«Oh, cazzo» commenta la Cabrini.

«Oh, cazzo» ribadiscono in stereofonia *Delmo&Luis*.

Elisa, intanto, dà il cambio ai Rush, attaccando con la sua *Gift*.

«Ma è impossibile» dice la Cabrini «il messaggio che mi è stato lasciato ieri faceva già riferimento alle morti di Dondi e Riccamonti. Non può essere stato lui a mandarmelo.»

Luiso la interrompe: «Forse te l'ha lasciato prima di sparare a Riccamonti e di suicidarsi.»

«Ma faceva anche riferimento al nostro giro in questura. Siamo arrivati lì verso le 10.30, proprio quando è avvenuto l'omicidio-suicidio. Ricordi, Emiliano? Erano da poco passate le 11 quando lo Sbirro ha ricevuto la telefonata. E poi non avrebbe senso: perché mandarmi un messaggio in cui si fingeva un'altra persona, se poi doveva morire suicida?»

«Già» dice Adelmo.

E il pelatone: «Perché allora mi avrebbe mentito, incolpandosi dei pacchi spediti? Dondi voleva spingere te, Betty, a indagare, sapeva che l'avresti fatto. Certo, anche lui c'entrava con quelle porcherie, ma solo in parte. Lui veniva chiamato in sala operatoria per addormentare i pazienti. Sapeva tutto, ma non aveva mai pensato di denunciare quello che accadeva da anni in quella clinica. Forse per paura di perdere il posto o chissà perché. A ogni modo, dopo aver saputo della morte della sua ex, la rabbia di essere stato tradito e poi lasciato, soprattutto per colpa di Gianmaria Ghisolfi, deve essergli tornata a galla più forte che mai. E così ti ha coinvolto in questa faccenda, elaborando un piano complesso e anche un po' del cazzo, ma che gli consentiva di non esporsi. Quell'uomo non aveva più incontrato la sua bella Matilde, ma gli era sempre rimasta nel cuore. E sapeva bene che lei lo aveva tradito col direttore della clinica e che quest'ultimo era il padre di quella povera ragazza; ma non aveva mai trovato il coraggio di fargliela pagare. Si sentiva un pavido. *Era* un pavido.»

«Perché non mi hai subito raccontato del tuo incontro con Dondi?» chiede la Cabrini «Anche se già l'immagino.»

«Si era deciso a tirare fuori l'ultimo malloppo di cartelle cliniche che hai ricevuto, a patto che io non ti dicessi nulla e, soprattutto, che non raccontassi di lui alla polizia. Ma ora che è morto...»

«Quella cartelle cliniche, allora...»

«Te le ho portate io, nell'ingresso del tuo condominio. Compresa la frase di Sartre. Poteva portartele Dondi, come già era successo con gli altri pacchi, ma ormai tanto valeva che lo facessi io.»

«Dondi sapeva che grazie a quei documenti la polizia sarebbe arrivata anche a lui, ma qualcosa lo aveva convinto ad accettare quel rischio. Forse la convinzione che dopo qualche giorno si sarebbe suicidato» dice amara la Cabrini.

«Forse. Ma in quel momento non l'ho neppure immaginato. Mi dispiace» Emiliano sembra non avere altro da aggiungere. Riprende in mano la forchetta e cerca di finire i suoi spaghetti, ormai tiepidi e immangiabili.

Neppure la Cabrini sembra intenzionata a parlare, così come Adelmo che, pur di ascoltare il racconto del pelatone, è da ben dieci minuti che non incrocia lo sguardo della sua fatina.

Luiso, al contrario, ha ancora voglia di commentare: «A questo punto, chi ti ha lasciato il messaggio di ieri?»

«Poco importa chi sia» dice Emiliano «qui devono essere dimostrate le porcherie che si compiono in quella clinica. Tutto il resto non conta.»

«Neppure chi ha pestato e concimato Ghisolfi?»

Emiliano si fa paonazzo in volto: «Neppure lui. Il direttore ha avuto quello che si meritava, punto e basta» il pelatone si sta alterando.

«Abbiamo capito, abbiamo capito: non farne un caso personale» gli dice la Cabrini. La giornalista sposta poi lo sguardo verso l'ingresso della birreria e sbianca in volto: Cristina sta avanzando verso di lei, con un'espressione che non promette nulla di buono.

«Oh, oh...» riesce a dire Betty, seguendo l'avvicinarsi della donna.

«Sapevo che ti avrei trovata qui con i tuoi amici: è questo il tuo improvviso impegno di lavoro?» dice subito Cristina, guardandosi attorno con un misto di rabbia e imbarazzo scolpiti in volto.

«Lascia che ti spieghi.»

«Nessuna spiegazione, Betty: con me hai chiuso, stronza.» La donna gira sui tacchi e riprende la via dell'uscita.

«Dov'eravamo rimasti?» prova a dire la Cabrini, con un sorriso tirato.

Lunedì

La domenica della Cabrini non è stata un granché. Una mattinata a cazzeggiare in redazione, il resto della giornata ben chiusa in casa. Cristina non l'ha più chiamata e lei non l'ha più cercata. "Che si fotta, stupida donna" è stato il tormentone con cui la giornalista ha scandito il suo pomeriggio domenicale. Si è anche letta una decina di pagine di un romanzo iniziato tre mesi fa e che forse terminerà l'anno venturo; e intanto si è bevuta tre moke da quattro, per un totale di dodici tazzine di caffè, un buon modo per sparare a livelli insopportabili il suo nervosismo. Le sigarette fumate sono state diciotto, sette i bicchierini di grappa scolati, tre quelli di tequila, due i panini al prosciutto ingoiati, dieci i minuti di Tv vista, tre i cd ascoltati, più una pennichella di tre quarti d'ora, una doccia di dodici minuti e un'imprecazione di quarantacinque secondi a commento del disordine e della scarsa pulizia del suo appartamento.

Ora è di nuovo in redazione, è lunedì, sono le undici del mattino e con lei non ci sono né grappa né tequila, e neppure panini al prosciutto, Tv e cd. Le sigarette, quelle sì che ci sono, anche se ben spente e in attesa di essere consumate nel *refugium peccatorum*, magari in compagnia di Valsecchi.

«Lo chiamo o non lo chiamo, lo chiamo o non lo chiamo, lo chiamo o non lo chiamo?» sta ripetendo a mezza voce, per la gioia di Comandulli e Corsini, che la osservano divertiti e pettegoli. Il soggetto in questione è Gianmaria Ghisolfi, direttore della *Santa Beatrice*, che la Cabrini vorrebbe contattare per sbraitargli in faccia tutto ciò che lei sa sulle porcherie che si stanno compiendo da anni nella sua clinica. Alla faccia dello Sbirro, che se lo venisse a sapere la ammazzerebbe seduta stante, e di Resemini, che farebbe altrettanto, non prima di averla cacciata dalla redazione con tanto di nota di biasimo.

«Lo chiamo!» e afferra il telefono. «E il numero? Mi sono dimenticata di cercarlo.»

Si fa un giro in Internet, trova il numero del centralino della *Santa Beatrice*, lo digita e resta in attesa. Le risponde una voce femminile, che la dirotta verso un altro numero, che la lascia di nuovo in standby per qualche secondo, fino a quando sente una seconda voce femminile.

'Già sentita' pensa.

«Buongiorno, sono Betty Cabrini, giornalista» dice con un filo di voce, per evitare le orecchie spione di Comandulli e Corsini «avrei bisogno di un appuntamento col dottor Ghisolfi, per un'intervista.»

«Un'intervista? Su cosa, signora Cabrini?»

Betty improvvisa: «Per concordare una linea comune su come evitare di screditare la *Santa Beatrice*, dopo le tragiche morti dei dottori Riccamonti e Dondi. Sarebbe un peccato se i nostri concittadini perdessero la fiducia verso una clinica che è ormai un riferimento irrinunciabile e indispensabile per i malati di Cremona.»

Dall'altra parte seguono alcuni istanti di silenzio.

«È ancora in linea?» chiede la Cabrini.

«Certo. Le andrebbe bene domattina verso le 9?»

«Va benissimo. Lì alla clinica?»

«Certo. A domani.»

'Eppure quella voce' pensa la Cabrini, e poi aggiunge: «Già sentita. No, mi sto lasciando suggestionare. Non può essere.»

Martedì

Dimostra una sessantina d'anni, con i capelli brizzolati, leggermente lunghi e pettinati all'indietro. La fronte è piuttosto spaziosa, il naso importante ma regolare, la bocca una vetrina di denti bianchissimi, a parte la stonatura nera di un incisivo assente all'appello per il cazzotto che un misterioso ultore ha deciso di sferrargli lo scorso venerdì. Sul metro e ottanta, Gianmaria Ghisolfi ha una postura e un portamento che fanno di lui un vecchio fotomodello abituato da sempre a comandare. Indossa un camice bianco e intonso, dal cui taschino si intravede la tipica parata di penne dei medici che contano.

La Cabrini non può fare a meno di notare che il direttore della *Santa Beatrice* è abbronzato da far invidia a Resemini. 'Due stronzi uguali' pensa seria la giornalista seduta di fronte a Ghisolfi, che invece le sta sorridendo col fare galante del playboy d'altri tempi e i pruriti sessuali del maschio dominante.

'Manco se tu fossi l'unico essere vivente sulla Terra, scoperei con te, ridicolo fantoccio' gli vorrebbe urlare la Cabrini. 'E poco conta che io sia omosessuale.'

Le nove del mattino sono passate da cinque minuti e la giornalista è appena stata ricevuta da Ghisolfi, nello studio della sua clinica. Lei indossa la solita divisa da esistenzialista, con il solito pastrano, il solito basco e la solita sciarpa, tutti neri e un poco smunti.

«Allora, signora Cabrini, le piace la mia clinica?» le chiede tronfio Ghisolfi.

'Che domanda idiota Gli sono appena morti due medici, e lui vuole sapere se mi piace la sua clinica' sta per dire. E invece fa una rapida panoramica intorno a sé e risponde: «Niente male, ma non ci lavorerei mai.» Sfila di tasca un bloc-notes e una penna: «Ma veniamo al motivo per cui sono qui.»

Proprio in quel mentre, si apre la porta ed entra una donna: non ha bussato, è sui quarant'anni, elegante e affascinante. La Cabrini riconosce la tizia che giovedì scorso, di fronte allo studio di Lucio Dondi, l'aveva informata del giorno di ferie dell'anestesista, consigliandole di tornare l'indomani. La 'gran gnocca'.

«Signora Cabrini, le presento Consuelo, mia moglie e segretaria personale» dice Ghisolfi, alzandosi per un istante in piedi.

Anche la Cabrini si alza, poi tende la mano alla nuova arrivata: «Ci siamo già viste, se non sbaglio: giovedì scorso. Ero venuta a cercare Lucio Dondi, il vostro anestesista che purtroppo...»

«Il povero Lucio» sospira Ghisolfi «gran brava persona e un ottimo anestesista. E come mai era venuta a cercarlo?»

«Segreto professionale» sorride la Cabrini, risedendosi.

Intanto la moglie di Ghisolfi si è piazzata a fianco del marito, in piedi e con gli occhi puntati sulla Cabrini.

Quelli della giornalista, invece, si stanno illuminando: 'Che stupida' sta pensando 'Come ho fatto a non pensarci prima? Ecco chi mi ha mandato, anche se non so ancora perché'. Poi dice: «Secondo lei, professor Ghisolfi, perché Lucio Dondi ha combinato quel disastro?»

«Credevo che questo incontro servisse a evitare la perdita di credito della *Santa Beatrice* agli occhi dei cremonesi.»

«Lasciamo perdere, per un istante, e risponda piuttosto alla mia domanda: secondo lei perché Dondi ha ammazzato il suo collega Riccamonti e poi si è suicidato?»

«E cosa ne so?! Era un mio dipendente, mica mio fratello. E anche se lo sapessi, non verrei di certo a raccontarlo a...»

«Ha ucciso e si è suicidato, oltretutto, dopo essere stato all'Ospedale Maggiore, dove è ancora ricoverata la figlia di Matilde Antonioli, ex fidanzata di Dondi ed ex infermiera in questa clinica.»

Ghisolfi si fa paonazzo in volto: «Di cosa sta parlando?» La moglie fa un mezzo sorriso soddisfatto.

'Maledetta puttana,' vorrebbe sbraitarle sul muso la Cabrini 'ho capito chi sei'. Poi torna a rivolgersi a Ghisolfi: «Qualche sera fa, una ragazza di sedici anni con grossi handicap è stata aggredita in un vicolo del centro. È ancora ricoverata all'Ospedale Maggiore. Quella sfortunata ragazza è figlia di Matilde Antonioli, morta poco più di due mesi fa, la stessa Matilde Antonioli che diciassette anni fa era fidanzata con Lucio Dondi e infermiera in questa clinica. Prima di combinare quello che ha combinato, Dondi era stato a trovarla. Ne sa niente?»

«Cosa sta insinuando? Cosa vuole che ne sappia degli affari di cuore di Dondi?»

«E degli affari di cuore di Matilde Antonioli? Che rapporto c'era fra voi due, circa diciassette anni fa?» si lascia scappare la Cabrini.

Il volto di Ghisolfi si fa bluastro, le mascelle diventano due morse. Si volta per un istante verso la moglie, lì al suo fianco; e lei gli sorride sorniona. Lui torna a rivolgersi alla Cabrini, puntando il dito verso l'ingresso dello studio.

«Se ne vada subito, signora Cabrini, o la faccio cacciare dalla sorveglianza. Telefonerò al suo direttore, alla proprietà del suo giornale e la farò licenziare. Se ne vada!»

«Me ne vado, me ne vado, non si preoccupi, ma non prima di averle detto che ho già portato in questura un pacco alto così di cartelle cliniche, con tanto di spiegazioni delle porcherie che da anni si commettono in questa clinica, comprese quelle sulla pelle di Miriam Vallari, Amilcare Cauzzi e Pietro Leonardi. Me le aveva passate proprio Lucio Dondi. Io sarò licenziata, ma lei andrà a marcire in galera» la Cabrini si alza, fa un rapido dietrofront, per poi uscire di corsa dallo studio, imboccare le scale e scenderle di corsa.

Arrivata in cortile e sta per accendersi una sigaretta, quando sente delle urla provenire dalla sua sinistra: si volta e vede piccoli gruppi di persone correre da quella parte, mentre altre vi si allontanano. Qualcuno sta anche urlando il nome di Ghisolfi.

Dopo essersi guardata intorno un paio di volte, Betty infila sigaretta e accendino nella tasca del cappotto e si muove rapida verso un capannello di persone che circonda a poca distanza qualcosa che giace a terra.

Da una finestra del terzo piano, una donna sta sbraitando come un'indemoniata: «Gianmaria, Gianmaria!» È Consuelo, la moglie del direttore della clinica e lì a terra è steso il professor Gianmaria Ghisolfi, o quello che di lui rimane dopo un volo di tre piani.

«Oh, mio Dio» si stupisce la Cabrini e porta una mano sulla bocca, mentre sgrana gli occhi.

Una donna, lì vicino, sviene; un'altra vomita. E c'è anche chi emette degli strani gridolini di dolore o forse di sadico piacere. Intanto, altre persone stanno arrivando a gruppi.

Betty alza di nuovo lo sguardo verso la finestra del terzo piano, ma Consuelo Ghisolfi è sparita. Al suo posto c'è un uomo in camice blu, forse un infermiere. Altre finestre si sono spalancate, altre ancora si spalancheranno: degenti, infermieri e medici guardano verso il basso con sincera e morbosa curiosità.

'Si è suicidato' sta pensando la Cabrini 'dopo le mie accuse, Gianmaria Ghisolfi ha preferito farla finita. No, non è possibile. Non era tipo da lasciarsi andare a un gesto simile, lui non avrebbe mai perso la testa, era uno abituato a vincere e anche stavolta avrebbe vinto.'

«È tutta colpa sua: è colpa di questa donna» Consuelo Ghisolfi è arrivata in cortile e si sta avvicinando col dito puntato verso la Cabrini. «È una giornalista» continua a sbraitare, col volto deformato dall'ira «si è presentata da mio marito con la scusa di un'intervista e, invece, ha cominciato ad accusarlo di delitti ignobili, dicendo che lo avrebbe fatto marcire in galera.»

«Ma che cazzo sta dicendo?» ci prova la Cabrini, bianca in viso.

«Gianmaria, Gianmaria...» riprende a strillare la donna, avvicinandosi ai resti del marito e ritraendosi quasi subito con una smorfia che sa più di ribrezzo che di dolore.

Arrivano alcuni medici e infermieri della clinica. Si piegano sul direttore e capiscono che qualsiasi intervento sarebbe inutile. Si rialzano, quindi, scuotendo la testa.

«È colpa di questa donna» ci riprova Consuelo, additando la Cabrini. E si lascia anche andare a un attacco isterico, tirandosi a piene mani i capelli. Poi capisce che quelli della Cabrini le darebbero maggiore soddisfazione e così si scaglia su di lei, artigliandole basco e chioma e cominciando a scuoterla da una parte e dall'altra, con grande sofferenza della giornalista che comincia a urlare e poi a spintonare la donna invasata, nell'inutile quanto doloroso tentativo di liberarsi dalla sua morsa.

Intervengono un paio di infermieri per separarle, mentre in lontananza si cominciano a sentire le sirene della polizia e dei carabinieri.

Due ore dopo, la Cabrini è nell'ufficio del questore, dottor Sabino Carullo, sull'attenti e con lo Sbirro a fianco, il cui muso ricorda quello di un bisonte infoiato. Entrambi se ne stanno zitti ad ascoltare quanto ha da dire il signor questore, lì seduto di fronte a loro, anche se in realtà l'uomo ancora non ha aperto bocca, impegnato com'è a preparare la ramanzina per la Cabrini.

«Se l'ho convocata qua, dottoressa Cabrini» attacca il dottor Carullo, con un bel tono solenne e burocratico «è per avere da lei una giustificazione che sia la più vicina alla verità, la prego dottoressa Cabrini, circa il suo ingiustificabile e inqualificabile comportamento tenuto, verso le nove di stamani mattina, nello studio del professor Ghisolfi Gianmaria, direttore della clinica Beatrice Santa» colpetto di tosse per superare l'impasse. «Dicevo, direttore della clinica *Santa Beatrice* che, dopo qualche minuto e, soprattutto, dopo la sua pseudointervista, ha deciso di porre fine alla propria esistenza, lanciandosi dalla finestra, come anche lei, dottoressa Cabrini, ha potuto constatare di persona e pressoché in diretta. Infatti, dopo che lei, dottoressa Cabrini, se ne è uscita dallo studio del professor Ghisolfi Gianmaria, lui, come ci ha raccontato la moglie, Pedroni Consuelo in Ghisolfi, si è alzato dalla sedia, si è avvicinato alla finestra, l'ha spalancata con la scusa di voler respirare aria fresca e, infine, si è gettato nel vuoto.»

La Cabrini torna a essere una libera cittadina, o quasi, dopo circa tre quarti d'ora, ma soprattutto dopo una sfilza lunga così di "dottoressa Cabrini, lei comprenderà che", "la mia posizione, ora, m'impone di", "mi spiace per lei, dottoressa Cabrini, ma dovrò far presente al dottor", che il signor Questore, dottor Sabino Carullo o, come direbbe lui, Carullo Sabino, le ha sciorinato, intervallando la sua reprimenda con lunghe e sadiche pause. Lo Sbirro, lì a fianco, ha annuito a ogni parola proferita dal suo superiore, fintamente solidale con lui, ma sinceramente imbufalito con la nostra giornalista, che ora sta camminando verso la sua auto, imbacuccata nei suoi pastrano, basco e sciarpa neri, con un'espressione che non si capisce se è incazzata nera, triste o impaurita, anche se lo sguardo da cocker bastonato fa più propendere per la seconda ipotesi.

«Sono incazzata nera, altro che cocker bastonato. Quella donna mi ha fottuto alla grande. Verrò licenziata e subirò un processo per istigazione al suicidio. Da cinque a dodici anni di galera. La mia carriera giornalistica è finita. Forse anche la mia vita» e il suo triste soliloquio si trasforma in un pianto sommesso. «E ora cosa faccio? Dimmelo tu!»

Sale in auto, accende l'autoradio e si muove verso casa. Con *La canzone dell'amore perduto*, di Fabrizio De Andrè e Georg Philipp Telemann, che le fa da sottofondo: il modo migliore per passare dal pianto alla disperazione.

«Intanto chiamo Emiliano e gli altri due» continua a singhiozzare. «Chissà che a loro non venga in mente come salvarmi il culo.»

Alle 13.15 Betty Cabrini è nel soggiorno di casa sua ed è ancora in lacrime, anche se ora ha un pubblico attento e solidale di fronte a sé. Se ne sta in piedi al centro della stanza, con una bottiglia di grappa nella mano sinistra e un bicchierino nella destra, bicchierino che nell'ultimo quarto d'ora è stato riempito e svuotato almeno una decina di volte.

Privi di alcolici e bicchierini, seduti sul divano e suoi dirimpettai, ci sono Emiliano, Luiso e Adelmo, il primo con gli occhi chiusi e la pelata sul bluastro, gli altri due con una sincera aria affranta sul bel visetto giovane e sbarbato. Luiso – l'innamorato Luiso – è lì lì per alzarsi e avvicinarsi all'oggetto dei suoi desideri, per poterlo poi adeguatamente consolare. Anche Adelmo è lì lì per alzarsi e avvicinarsi all'oggetto dei suoi desideri che, non essendoci nei paraggi l'amata Morgana, è il frigorifero di là in cucina: il suo sto-

maco, infatti, è ormai arido e sofferente, avendo saltato a pie'
pari il pranzo per correre in aiuto di Betty Cabrini.

La giornalista ha già raccontato ai tre le sue ultime vicissi-
tudini e ora se ne sta in attesa del loro responso, o meglio, di
una panacea ai suoi imminenti guai giudiziari e professionali.

«Credo proprio che Consuelo Ghisolfi ci abbia fottuti
alla grande» dice finalmente Emiliano, continuando a tenere gli occhi chiusi. «Anche se a farne le spese sei stata tu,
amica mia: noi pensavamo che a orchestrare l'intera trama
fosse stato Dondi. E invece...» e dopo una pausa in cui si
dà un'energica lisciata al mento, una grattata al cranio e un
accenno di strizzata alla patta, il cialtrone prosegue con fare
teatrale: «Quella donna ti ha portata dritta dritta nello studio del marito, sapendo bene che una volta lì tu non avresti
resistito alla tentazione di vuotare il sacco su ciò che sai di lui
e dei suoi degni compari. Quello che è successo poi è tutto
da verificare. Certo è che suona parecchio strano che uno
come Gianmaria Ghisolfi possa essersi spaventato così tanto
da volerla fare finita.»

Luiso fa più volte sì col capo, poi dice: «Molto più facile che
qualcuno lo abbia spinto fuori dalla finestra. O qualcuna...»

Interviene ancora Emiliano: «Non credo: con la stazza fisica che si ritrovava il marito, Consuelo Ghisolfi non sarebbe mai
riuscita a immobilizzarlo, aprire la finestra e scaraventarlo giù.»

«E tu che ne sai della sua stazza fisica?» frigna la Cabrini
«mica ne ho fatto cenno, nel mio resoconto.»

Emiliano si illumina di rosso: «Lo so, perché in passato
mi era capitato di incontrarlo. E comunque, non perdiamo
tempo con domande inutili.» Segue un lungo silenzio, rotto soltanto dai gorgoglii dello stomaco di Adelmo e dai sin-
ghiozzi della Cabrini.

Il pelatone apre finalmente gli occhi e accenna un sorrisetto da fetente: «Anche se, a essere sinceri, cara Betty, tu i

guai te li vai a cercare con il lanternino. Che bisogno avevi di spifferare tutto subito a Ghisolfi? Non potevi azzardare un poco alla volta?»

Lei piagnucola un altro po', poi barcolla verso il tavolino di fronte al divano, per posare bottiglia e bicchiere. Luiso la segue in ogni suo movimento, con la segreta speranza che lei gli balzi di colpo fra le braccia per lasciarsi confortare, coccolare e chissà cos'altro, ma Betty lo delude, dondolando indietro di due passi e riconquistando il centro del soggiorno. Poi biascica, con la voce ben impastata di acquavite: «È tutto vero quello che hai detto, Emiliano: sono stata una stupida. Una grande stupida» e accompagna l'autocritica con un piccolo rutto. «E quella donna mi ha fottuto alla grande. Non so se Ghisolfi si sia ammazzato o se lei lo abbia gettato dalla finestra. Quello che ora mi chiedo è come mai Dondi ti abbia detto di essere stato lui a tirar su questa storia del cazzo» segue un altro rutto, più convinto del precedente.

«Secondo me» interviene di nuovo Luiso «Dondi se lo è inventato dopo aver sentito il racconto di Emiliano sui pacchi e tutto il resto.»

«E per quale motivo?» gli chiede la Cabrini.

«Non saprei, però mi sembra l'ipotesi più probabile.»

«Stronzate» si fa finalmente sentire Adelmo, girandosi un ricciolo fra le dita e dimenticando per qualche istante i suoi appetiti da reduce del Gobi. «Dondi sapeva benissimo di quei pacchi.»

Luiso non la prende bene. Si fa tutto rosso in volto, si riaccomoda nervoso gli occhiali sul naso, poi sbotta: «Le stronzate le dici tu, avvocato delle cause perse. Spiegaci come fai a esserne così sicuro.»

«Semplice: le frasi di Sartre. Chi poteva sapere che a Matilde Antonioli piacesse Sartre, se non Lucio Dondi, che quella donna l'aveva frequentata per parecchio tempo? Non di certo Consuelo Ghisolfi.» L'etiope regala un sorriso ca-rogna all'amico d'infanzia e conclude: «Ho forse detto una stronzata?» e soddisfatto tira su col naso, per poi tornare a sognare il frigorifero e il relativo contenuto.

La Cabrini ed Emiliano lo guardano con una certa ammi-razione. 'Già, com'è che non ci abbiamo pensato noi?' riflet-tono in simbiosi.

Lo pensa anche Luiso, che tuttavia non può ammetterlo. Accenna allora un'espressione schifata, si toglie gli occhiali, sfila di tasca il fazzoletto e con fare compulsivo attacca a lu-strare le lenti.

In quel momento, suona il cellulare della Cabrini: è Ful-vio Resemini, il direttore del giornale.

«Betty, da questo momento, fino a data da destinarsi, lei è sospesa dalla redazione che, con onore e da parecchi anni, io dirigo» il tono di Resemini è quello solenne delle grandi occa-sioni: forse sta leggendo. «Lo ha deciso la proprietà del giorna-le. Decisione che, ovviamente, mi trova pienamente concorde. Presto riceverà anche una comunicazione ufficiale per iscritto.»

La Cabrini tace.

«Betty, mi sta ascoltando?»

Lei non replica. Chiude la telefonata e spiega ai suoi ospi-ti: «Era Resemini: per ora mi hanno sospesa, ma presto mi licenzieranno. Vedremo... Ma dov'eravamo rimasti? Ah, sì, a Sartre e a Dondi: bravo Adelmo, ottima intuizione, soltanto Lucio Dondi poteva sapere dei gusti letterari di Matilde An-tonioli. E chi altri!?»

Un altro trillo. Questa volta è il campanello di casa. La Cabrini ondeggia ubriaca verso il citofono: «Sono lo Sbirro, giornalaia» sente dall'altra parte.

«Lo Sbirro? Cosa cazzo vuoi da me?» che non è un bel modo per accogliere un ospite, soprattutto se poliziotto, ma tant'è: «Vattene, non ho voglia di vederti.»

«Fammi salire, giornalaia.»

«Cosa cazzo sei venuto a fare, Sbirro? Devi arrestarmi?»

«Nessun arresto, almeno per ora: sono venuto in pace, giornalaia. Anzi, mi ha chiamato Luiso, figlio del mio collega Antonio De Vito.»

«Ti ha chiamato Luiso?» e citofono all'orecchio, la Cabrini si volta verso l'occhialuto, che ha lo sguardo incollato al pavimento e il volto paonazzo.

«Certo» dice lo Sbirro «pare che il ragazzo debba fornirmi una preziosa testimonianza sulla vicenda *Santa Beatrice* «dunque, giornalaia, mi fai salire o no?»

La giornalaia apre al poliziotto e intanto dice a Luiso: «Si può sapere perché hai chiamato lo Sbirro?»

«Già, perché, Luis?» ci prova anche Adelmo, mentre Emiliano se ne sta zitto.

Sempre con gli occhi sul pavimento, Luiso balbetta: «Fra un po' saprete: ve ne parlerò quando il collega di mio padre sarà qui.»

Lo Sbirro arriva e trova la Cabrini sbronza e ritta al centro del soggiorno, mentre gli altri tre sono comodi sul divano.

«Il nostro amico Sbirro» lo accoglie Emiliano «che piacere rivederti!»

Il poliziotto non lo degna manco di un'occhiata, preferendo puntare Luiso: «Ragazzo, si può sapere perché mi hai chiesto di venire qui?»

E l'occhialuto, col volto sempre congestionato, prova a spiegare: «Sì, ora le dico. Anzi, vi dico, però lei non racconti nulla a mio padre, la prego.»

Con un leggero cenno del capo lo Sbirro lo rassicura e il giovane De Vito continua: «Lo scorso venerdì, verso le 18, ero davanti a questo condominio.»

«Davanti al mio condominio?» lo interrompe la Cabrini. «A far che? Non dirmi che mi stavi...»

«Sì, ti stavo spiando» balbetta Luiso, ormai col volto in fiamme.

«La stavi spiando? E perché mai, ragazzo?» gli chiede lo Sbirro.

«Preferirei non dirglielo. Ma Betty ne conosce il motivo: in ogni caso, poco importa cosa ci facessi qui davanti. Poco importa, è più importante ciò che ho visto quel giorno di fronte a questo condominio, ben nascosto» deglutisce e sembra indeciso se continuare il racconto.

«Vai avanti, ragazzo» lo sprona lo Sbirro, poi si accende una sigaretta.

«Già, vai avanti, ragazzo» dice Emiliano, con una bella faccia da culo. «Non farci stare ulteriormente in pena» aggiunge tossendo con fare isterico, per il fumo dello Sbirro.

«Sì» riprende l'occhialuto «dicevo che venerdì, più o meno verso le 18, ho visto una persona uscire dal condominio e una donna che, sbucata da non so dove, approfittava dell'apertura della porta per entrare nell'atrio.»

«Una donna? Hai visto una donna che venerdì entrava in questo condominio? E com'era?» chiede impaziente la Cabrini.

«Mi è sembrata una bella donna, con un bel portamento, sui quarant'anni o poco più.»

«È lei!» urla la Cabrini, agitandosi come un'invasata. «La puttanazza Consuelo, la moglie di Gianmaria Ghisolfi.»

«Vacci piano con le tue conclusioni, giornalaia, e lascia che il ragazzo continui il racconto.»

E lui, il ragazzo, riaccomodandosi gli occhiali sul naso, va avanti: «Quella donna si è poi avvicinata alle buche delle lettere e in una ha infilato un foglio. Poi è uscita di corsa dal condominio, ha fatto un centinaio di metri a piedi, è salita su un SUV nero della Mercedes ed è filata via».

«Hai sentito, Sbirro? Lo hai sentito?» riattacca a sbraitare la Cabrini. «Venerdì una donna è entrata in questo condominio e mi ha lasciato un messaggio nella cassetta delle lettere, era l'ultimo messaggio che ho ricevuto, quello in cui mi fa capire di avermi seguita quando sono venuta da te in questura con Emiliano: avanti, telefona a qualche tuo collega e informati se Consuelo Ghisolfi ha un SUV nero della Mercedes, avanti, cosa cazzo aspetti, Sbirro?»

Il poliziotto non fa a tempo a mandarla a quel paese, che Luiso riprende a dire: «Non serve: ho ripreso tutto con lo smartphone» e l'occhialuto sfila di tasca l'apparecchio e inizia a cercare il video.

«Ma sei un genio, Luiso» urla eccitata la Cabrini. «Ma quanto ti adoro, mio caro fanciullo!» aggiunge l'incosciente, ignara dello sconvolgimento che una frase del genere potrebbe provocare nel cuore dell'occhialuto. E infatti, quando lei gli si avvicina per sollevarlo di peso dal divano e stringerlo a sé, lui molla a terra lo smartphone e le si avvinghia ancora di più, sbaciucchiandola sulle guance. Emiliano scoppia a ridere come un bimbo al luna park, Adelmo preferisce rigirarsi l'intera capigliatura fra le dita e lo Sbirro prende a scatarrare spazientito.

«Separateli con l'acqua fredda!» urla il pelatone.

«Luiso, un po' di contegno, cazzo!» aggiunge Adelmo.

E lui, l'occhialuto innamorato, seppur con la resistenza di una ventosa su uno specchio, si stacca lentamente dal corpo della Cabrini, si china, recupera lo smartphone e, ancora eccitato, riesce finalmente a far partire il filmato del venerdì passato, col resto della compagnia alle spalle.

Appare una donna nell'atrio del condominio di Betty Cabrini, di fronte alle cassette delle lettere, poi il video prosegue con una zummata sul volto della donna, che sfila dalla borsetta un foglio ripiegato.

«È lei» urla la Cabrini «Consuelo Ghisolfi: è lei che ha messo in piedi tutto questo casino!»

Intanto il video mostra la donna che, dopo aver sfilato dalla borsetta il foglio, lo introduce nella buca della posta della Cabrini, per poi uscire rapida dal condominio.

«Avanti, Sbirro, vai ad arrestare quella puttanazza: è stata lei a uccidere il marito, mi pare ormai chiaro, no?»

La donna arriva al SUV nero e lo Sbirro dice: «Giornalaia, credo anch'io che la colpevole dei tuoi casini sia quella donna. Ma non sarà certo questo video a convincere i miei capi a metterla sotto torchio».

Consuelo Ghisolfi sale in auto e si allontana rapida dal condominio della Cabrini, con Luiso che è riuscito a riprendere la targa del SUV, per poi lasciar sfumare l'immagine verso l'orizzonte buio e padano di un tardo pomeriggio di gennaio.

«Cosa cazzo stai dicendo, Sbirro?»

«Basta, Betty» grida il poliziotto. Non la chiama mai per nome. «Possibile che tu non capisca?»

«Cosa dovrei capire?» urla anche lei.

Gli altri tre tacciono. Il pelatone vorrebbe dire qualcosa, ma non gli viene in mente altro che non sia triviale e offensivo. Ad Adelmo è passata la fame e ha le cinque dita della mano destra fra i riccioli. Luiso sembra in stato catatonico.

«L'inchiesta sulle probabili truffe alla *Santa Beatrice* non partirà mai, giornalaia. Lo ha deciso qualcuno molto in alto: quel malloppo di carte che hai portato in questura è ormai introvabile e non...»

«Ma io ho fotografato quei documenti, potremmo ristamparli e...»

«Immaginavo che tu lo avessi fatto, giornalaia. Ma non è questo il problema. In quella clinica, così come in tante altre, ci sono le mani sozze di politici, case farmaceutiche e lobby di vario tipo. Gruppi finanziari che comandano il mondo, che farebbero cacare sotto qualsiasi magistrato, giornalaia».

«Balle» interviene finalmente Emiliano «ci sono ancora magistrati coraggiosi, in Italia. E ci sono pure sbirri con i coglioni. Anche tu, nonostante mi sia sempre stato sul cazzo. E c'è anche il padre di Luiso, irreprensibile e integerrimo ispettore di Polizia». Il pelatone si avvicina al questurino e gli appoggia una mano sulla spalla: «Non arrendiamoci, Sbirro, tu mi stai sul cazzo e io altrettanto a te, ma qui è in gioco la vita della nostra Betty e di migliaia di persone che ogni anno entrano alla *Santa Beatrice* e in altre cliniche. Tira fuori i coglioni, Sbirro, ti prego».

E chi se l'aspettava un sermone del genere, soprattutto da uno come Emiliano Leda? Non di certo lo Sbirro, che lo sta guardando negli occhi quasi commosso. Se ci fosse un sottofondo di violino, i due potrebbero mettersi a piangere guancia a guancia.

«E cosa dovremmo fare?» chiede abbattuto il poliziotto.

«Un'idea, l'avrei» dice Emiliano «statemi a sentire».

Mercoledì

Emiliano Leda

Lo Sbirro è riuscito a procurarmi l'indispensabile per il mio piano. Sono le dieci del mattino, il cielo è sereno come in Paradiso, fa un freddo polare e io sto correndo su una strada provinciale vestito da portalettere e in groppa a uno scooter delle Poste Italiane. Sono dotato di un bel casco bianco, guanti da motociclista, giubbotto d'ordinanza, borsone sul portapacchi anteriore, bauletto su quello posteriore e una faccia da culo che solo io posso sfoggiare con tanta disinvoltura.

Come cazzo sia riuscito a procurarsi tutta sta roba, lo Sbirro, solo lui lo sa. Se i suoi capi lo scoprono, lo mandano al confino. E io glielo auguro di tutto cuore.

Nel taschino del giubbotto ho anche una *spy-pen*, una biro con telecamerina incorporata. Quella è mia e mi servirà per riprendere Consuelo Ghisolfi, "la puttanazza", come la chiama Betty.

Ieri sono stato un grande, a casa di Betty. Ho convinto lo Sbirro a tirare fuori i coglioni, lui che i coglioni li ha flaccidi come mozzarelle andate a male. Ma sapevo che solo lui poteva fornirmi in poche ore ciò che mi serviva per arrivare a incontrare la Ghisolfi.

Conosco bene la strada che porta alla sua villa, l'ho percorsa qualche giorno fa, quando ho tirato un paio di cazzottoni in faccia al marito, pace all'anima sua, impestandolo poi con merda di vacca. E chi credevate che fosse stato? Io e altri due squilibrati come me. Uno di loro ha aspettato che Ghisolfi uscisse dalla sua clinica, poi l'ha seguito in moto fin quasi alla sua splendida residenza. Io e l'altro mio socio eravamo già lì. Anche noi in moto e bardati come per un viaggio su Marte. Cinque minuti prima di arrivare, il nostro compagno ci ha avvisati di cominciare a oscurare con della vernice spray le videocamere attorno al recinto della villa. Poi lui si è fermato, per non dare nell'occhio.

Quando Ghisolfi si è piazzato davanti al cancello, sono sbucato fuori con un mattone e un sacco di letame fra le mani. Gli ho disintegrato il finestrino, ho mollato a terra il mattone, gli ho tirato due bei pugnoni in faccia e infine ho aperto la portiera e l'ho ricoperto di merda.

E mai in vita mia mi sono sentito così soddisfatto.

Anche i *Delmo&Luis* sembrano soddisfatti. Tutt'e due a casa dell'occhialuto, nella sua camera e seduti di fronte a un computer che neanche alla Nasa. Sullo schermo sta passando il filmato che Luiso ha girato qualche giorno fa, davanti al condominio della Cabrini.

«Se riesci a migliorare anche l'immagine della targa del SUV che si allontana, vinceremo l'Oscar» sta dicendo Adelmo. «Dobbiamo renderla il più possibile riconoscibile».

E Luiso riprende a smanettare, con lo sguardo incollato al monitor e un fare da carbonaro sul muso e, cinque minuti più tardi, esclama eccitato: «Pronto per vincere l'Oscar ed essere messo in rete, vai bello!» e dà una gran ditata sulla tastiera del pc. «E ora cominciamo a farlo girare su tutti i social e sui siti di informazione indipendente. Con tanto di didascalia anonima».

La Cabrini, al contrario di Emiliano e dei *Delmo&Luis*, non pare altrettanto soddisfatta. Basco, pastrano e sciarpa

neri, sta camminando nervosamente in un corridoio dell'O-
spedale Maggiore, schivando anziani degenti, dribblando
medici austeri e osservando di sottecchi le cosce e le sadiche
scollature delle infermiere più giovani e intraprendenti.

'Finalmente incontrerò quella ragazza' sta pensando la
giornalista. 'E cosa si credevano, il pelatone e lo Sbirro, che
non avessi anch'io i miei buoni agganci per arrivare a incontrarla? Quei due hanno messo in piedi un piano che fa acqua
da tutte le parti: mandare Emiliano, travestito da postino, a
casa di Consuelo Ghisolfi, fingere di doverle consegnare un
telegramma di condoglianze e approfittare della situazione
per mostrarle il video girato da Luiso. E intanto riprendere
con una videocamerina la sua reazione. Soltanto quei due
potevano avere un'idea del genere. Strano, però, che lo Sbirro si sia lasciato convincere dal suo acerrimo nemico, lui che
è uno sgamato poliziotto. Secondo me, spera che il pelatone
venga scoperto e denunciato'.

Emiliano Leda

Spero di non venire scoperto, altrimenti mi becco una
denuncia lunga fino alla Cina. E lo Sbirro mica mi difende-
rebbe, anzi: negherebbe di essere stato lui a passarmi tutto
questo corredo da postino, poi godrebbe come un maiale nel
vedermi finire sotto processo, il maledetto.

Sono quasi arrivato. Vedo villa Ghisolfi in lontananza,
una roba immensa, sperduta nella campagna cremonese e
costruita sulla pelle di tanti poveracci. Non vedo l'ora di as-
saporare l'espressione di quella donna, quando le mostrerò il
video di Luiso, video che ieri l'occhialuto è riuscito a copiare
sul mio smartphone. Suonerò il campanello, chiederò della
vedova allegra, aspetterò che mi si avvicini e le mostrerò il filmato. E se lei mandasse qualcun altro al posto suo? Proverei
a chiedere di lei, insistendo che lei e soltanto lei deve firma-

re: sono le "nuove disposizioni ministeriali" che lo esigono, echeccazzo!

I *Delmo&Luis* sono ancora davanti al computerone dell'occhialuto, tutti presi a spedire, a destra e a manca nel web, il video di cui sopra. E a ogni invio, aggiungono: *Perché la vedova del defunto professor Gianmaria Ghisolfi, qualche giorno prima che il marito si lanciasse dalla finestra del suo studio, ha infilato un foglio nella cassetta delle lettere di Betty Cabrini, la giornalista incolpata di aver istigato Ghisolfi al suicidio*?

Betty Cabrini è arrivata di fronte alla stanza di Gemma Antonioli. Così si chiama la figlia di Matilde e, forse, del fu Gianmaria Ghisolfi.

'Bel nome' pensa la giornalista, poi varca la porta e si trova a un paio di metri dalla ragazza, che è sola, sdraiata su un lettone troppo grande per lei e se ne sta con lo sguardo verso le finestre e le coperte appena sopra le ginocchia. Nel braccio destro ha infilato l'ago di una flebo.

'Oh, mio Dio!' sta per dire la Cabrini non appena vede la giovane 'Un bel nome per un corpo che di bello non ha nulla: un corpo che non saprei mai descrivere a parole'.

«Ciao» dice timidamente la giornalista, e intanto si avvicina al letto della giovane, che si volta verso di lei con dolorosa lentezza «sono Betty Cabrini, giornalista del quotidiano..».

«Buongiorno, signora Cabrini» mormora Gemma Antonioli, la sua voce ricorda quella di una infante, con un suono, tuttavia, molto metallico e una cadenza quasi robotica «l'aspettavo: come sta?»

La giornalista attende qualche secondo, prima di rispondere: «Ho passato momenti migliori. E tu?»

«In splendida forma, non si vede?» e accenna un sorriso.

Prova a sorridere anche la Cabrini: «Avrei voluto conoscerti prima, Gemma. Ma erano in molti a dirmi di lasciar perdere, Polizia compresa. Ieri sera, tuttavia, sono finalmente riuscita a mettere ordine a questo strano puzzle che mi ha investita nelle ultime settimane. Non so come ci sia riuscita, visto che non sono un granché come investigatrice. Ma credo di aver capito come siano andate le cose. Mi piacerebbe parlarne con te. Mi basteranno dieci, quindici minuti, poi me ne andrò. Ti va?»

La ragazza fa cenno di sì con la testa.

Emiliano Leda

Sono davanti al cancello di Villa Ghisolfi, una specie di porta blindata che mi impedisce di vedere dentro. Sento una mandria di cani rabbiosi in avvicinamento. Me ne frego e suono subito il campanello: qualche secondo e si illumina il videocitofono.

«Telegramma per Consuelo Ghisolfi» dico con l'accento più da postino che mi viene. «Sarebbe meglio che firmasse la signora in persona» aggiungo, sempre in "postinese".

«Arrivo» mi risponde una voce femminile e annoiata. Forse è proprio lei.

Sfilo di tasca lo smartphone e preparo il video girato da Luiso. Poi accendo la *spy-pen* e la posiziono per bene nel taschino del giubbotto. Dopo tre minuti lunghi come un lustro, un fischio richiama all'ordine i cani e si apre il cancello: appare Consuelo Ghisolfi.

Il suo abbigliamento non è propriamente da vedova disperata, con un bel cappotto corto e rosso, scarpe nere col tacco e foulard con una fantasia che a me pare primaverile. Sfoggia anche una specie di colbacco grigio in testa, una gonna nera che le arriva appena sopra il ginocchio e collant sexy e argentati.

Consuelo Ghisolfi è una quarantenne bella ed elegante, molto sensuale e provocante: insomma, un bel pezzo di donna che, se non fossi in missione, proverei a corteggiare, conquistare e chissà cos'altro, alla faccia di quel gran mascalzone che era suo marito, pace all'anima sua.

«E il telegramma dov'è?» mi dice lei, risvegliandomi dai miei deliri sessuali.

«Nessun telegramma, signora Ghisolfi: in compenso ho da farle vedere una cosa che sono certo la interesserà parecchio» e faccio partire il video.

Non appena la Ghisolfi intuisce di che si tratta, fa un lungo fischio da pastore di montagna e io capisco che non è il caso di fermarmi lì un secondo di più. Salto sullo scooter, lo accendo e scheggio via, col cuore che parte a mitraglia, lo stomaco strizzato come un cencio e un'orda di belve inferocite dietro di me.

Alla Cabrini, in realtà, ne sono bastati venticinque, di minuti, un lasso di tempo in cui la giornalista ha parlato come un libro stampato, senza mai perdere di vista ogni movimento o espressione di Gemma Antonioli, che invece è stata ad ascoltarla con gli occhi chiusi e un'aria sofferente.

«E ora dimmi, tesoro: quanto sono andata vicina alla verità?» chiede Betty, al termine del racconto.

«Tanto» dice la ragazza, con un alito di voce. «Lei, signora Cabrini, è davvero una persona molto intelligente, oltre che di grande sensibilità».

«Una sola cosa mi sfugge ancora» la interrompe la giornalista «ho fatto varie ipotesi, ma nessuna mi è sembrata verosimile».

«Vale a dire?»

«Ancora non capisco chi ti volesse morta e perché».

«Davvero non ci è arrivata, signora Cabrini? Ritiro allora ciò che un attimo fa ho detto sulla sua intelligenza!»

Il viso della giornalista si colora di imbarazzo, forse di

risentimento. Ma evita di replicare, preferendo che Gemma Antonioli le chiarisca l'ultimo tassello del puzzle.

«Saverio Riccamonti o chi per lui».

«Vuoi dire che quell'uomo ti considerava così pericolosa da...»

«No, no. Assolutamente no. Quell'uomo voleva uccidermi perché glielo avevo chiesto io».

«Tu? Oh, mio Dio! E perché?»

«Perché volevo che Saverio Riccamonti portasse a termine lo sporco lavoro iniziato da suo padre, circa diciassette anni fa».

Dopo due ore, Betty Cabrini è seduta nell'ufficio dello Sbirro, in questura. I due stanno fumando a pieni polmoni. Con loro ci sono Luiso e Adelmo, in piena apnea. Manca soltanto Emiliano, forse ancora in fuga dai cani della Ghisolfi. La giornalista ha appena spento un piccolo registratore digitale.

«E questo è tutto, Sbirro» dice, sbuffando fumo. «Cosa succederà ora?»

«Raccoglieremo subito la testimonianza di Gemma Antonioli e vedremo se riconfermerà la tua ricostruzione dei fatti. Intanto manderemo una pattuglia a casa di Consuelo Ghisolfi. Non sarà facile farla confessare, ma il video che Luiso e Adelmo hanno messo in Internet poche ore fa sta già scatenando un gran casino: televisioni, radio e giornali ci stanno tempestando di telefonate. E anche i miei capi non possono far finta di nulla. Quella donna, alla fine, confesserà. Ne sono sicuro: avete fatto un ottimo lavoro, ragazzi. Ma dovrà essere un segreto tutto nostro, mi raccomando». I due sorridono orgogliosi e imbarazzati. «Tuttavia, l'inchiesta sulle schifezze avvenute alla *Santa Beatrice* in tutti questi anni» prosegue lo Sbirro «quella scordatela, giornalaia.

Troppi interessi in gioco: scordiamocelo tutti quanti. A giorni verrà nominato un nuovo direttore e forse quella clinica finirà di essere una specie di campo di concentramento. Ma ho i miei dubbi che ciò avverrà».

La Cabrini vorrebbe commentare, ma sa che il poliziotto sarà portatore di una triste profezia.

«In ogni caso, giornalaia, tu tornerai presto a lavorare alle dipendenze di Fulvio Resemini e quel coglione sarà costretto a scusarsi con te. Lui e chi sta sopra di lui».

«Non contarci, Sbirro, quelli non si scusano mai».

«Già, forse hai ragione tu... Toglimi una curiosità, giornalaia: come ci sei arrivata, alla verità?» chiede poi il poliziotto. «È stata la strizza di finire sotto processo per il suicidio di Ghisolfi a farti ragionare?» e al poliziotto scappa la sua solita risata al gusto di catarro.

Lei non risponde subito. Accenna un sorriso amaro, poi fa un lungo respiro e comincia a dire: «Ieri sera... Molte cose mi erano già piuttosto chiare, come la trappola in cui mi aveva fatto cadere Consuelo Ghisolfi per liberarsi del marito, forse per vendicarsi del suo tradimento con Matilde Antonioli o forse per ereditare l'ingente patrimonio del consorte. Tuttavia, benché quella donna sia piuttosto scaltra, l'intera trama mi sembrava troppo complessa, se finalizzata esclusivamente a far fuori Gianmaria Ghisolfi. E poi c'era Lucio Dondi, ancora con un gran risentimento nel cuore per le corna che la sua ex gli aveva piazzato sulla testa diciassette anni fa. Era stato lui a farmi avere i pacchi e tutto il resto? In effetti, poco prima di trovare il primo pacco, io avevo visto un uomo davanti al mio condominio. E Dondi stesso aveva ammesso di essere stato lui. Ma poi? Consuelo Ghisolfi, dopo la morte di Dondi, mi aveva mandato un messaggio in cui mi diceva: *Peccato per Dondi e Riccamonti, ma loro sono le ultime ruote del carro*. Perché? Perché quella donna aveva messo in relazione quell'omicidio-suicidio con la trama che mi doveva portare nello studio del marito? Cosa c'entrava nell'intera vicenda? E poi: c'entrava davvero? Infine, c'erano le frasi di Sartre. Come mi aveva suggerito il qui presente Adelmo, chi mi aveva tirato in questa storia conosceva bene i gusti di Matilde Antonioli. Ma per quale motivo venivano inserite quelle frasi? Poi ho avuto l'illuminazione e ho capito che...» La Cabrini viene interrotta da Emiliano Leda, che entra nella stanza senza nemmeno bussare. È ancora in tenuta da portalettere e il fiatone e l'espressione stravolta che esibisce non lasciano dubbi su come sia andata la sua missione.

«Oh, ecco il nostro eroe» lo accoglie lo Sbirro, scatarrando goduria «non dirmi che il tuo piano non ha funzionato».

«E voi cosa cazzo ci fate qui?» ansima il pelatone alla Cabrini e ai *Delmo&Luis*.

«Grosse novità, Emiliano» gli dice Betty, siediti con noi. Il caso è chiuso» e fa ripartire il registratore.

Sabato

Lo Sbirro aveva ragione: alla fine Consuelo Ghisolfi ha confessato di essere stata lei a far spiccare il volo al marito, dalla finestra del suo studio. Prima lo ha tramortito con un fermacarte in bronzo, lì pronto per l'uso, poi ha aperto la finestra, lo ha sollevato di peso e lo ha mollato nel vuoto. Aiutata di certo da qualcuno, vista la mole del professor Ghisolfi. Gli inquirenti indagheranno in questa direzione.

E lo Sbirro aveva ragione anche quando ha detto che la Cabrini sarebbe stata reintegrata nella redazione guidata da Fulvio Resemini. Gliel'ha comunicato lo stesso ambrato e caramellato direttore, senza scuse, ovviamente. E neppure un accenno di 'chiediamo venia' da parte della proprietà del giornale. Ma così sono i potenti del mondo.

Tra le profezie dello Sbirro, tuttavia, non c'era il suicidio di Gemma Antonioli, trovata morta stamattina nel suo letto d'ospedale. Ieri notte, è riuscita a dissanguarsi con l'ago della flebo, che la ragazza si è sfilata dalla vena, per poi conficcarselo più volte nel collo. Nessuno si è accorto di niente.

Quando lo ha saputo, la Cabrini ha pianto come non le capitava dai tempi della morte di sua madre, una decina di anni fa.

Prima di farla finita, comunque, Gemma Antonioli aveva rilasciato alla polizia una dettagliata testimonianza dell'intera vicenda. Testimonianza che Betty Cabrini, grazie all'amico Sbirro, ha potuto leggere e rileggere, aggiungendo così nuovi dettagli alla ricostruzione che lei stessa aveva fatto a Gemma.

Sono le undici di sera, fuori è tornata la neve e la Cabrini se ne sta spaparanzata sul divano di casa, con una bottiglia di grappa nella mano sinistra e una di rhum nella destra. Stasera beve a collo: le bottiglie sono piene per metà, un'ora prima erano vergini.

La giornalista si sta anche gustando una specie di cigarillo, o qualcosa che lo ricorda vagamente: da dove arrivi e se sia legale, resterà un mistero insoluto.

Il soggiorno è illuminato da una decina di piccoli ceri, mentre il resto dell'appartamento è immerso nel buio più pesto.

Tanto per rallegrare la serata, la Cabrini ha messo come sottofondo il *Requiem* di Mozart. Un gatto nero che passasse da queste parti si strizzerebbe a quattro zampe i piccoli zebedei.

In piedi di fronte a lei (e solo per lei), ci sono Matilde e Gemma Antonioli, la prima col volto cereo e scavato, la seconda con il collo martoriato di lividi. Più in là c'è Gianmaria Ghisolfi, con un bernoccolo sul cranio e un gran campionario di ammaccature sparse su tutto il corpo. Ci sono anche Lucio Dondi e Saverio Riccamonti, l'uno ben distante dall'altro, ma entrambi col cranio forato.

Sono tutti vestiti di bianco, dalla testa ai piedi. Anche la loro carnagione è sul biancastro, a parte gli occhi rossi e le labbra tendenti al violaceo.

«Che la festa cominci» dice la Cabrini, con pomposa solennità e l'insolito sigarino fra le dita.

Segue qualche secondo di silenzio, poi Matilde Antonioli attacca a dire: «Parecchi anni fa, circa diciassette, ero infermiera alla clinica *Santa Beatrice.*»

«Già lo sappiamo» la interrompe subito la Cabrini.

«Ed ero fidanzata con Lucio Dondi.»

«E anche questo sappiamo» la giornalista dà una gran sorsata di grappa, una di rhum e conclude con un rutto da caserma e una tirata di cigarillo, o di quel che è.

«Sì, certo. Stavo dicendo che ero fidanzata con il qui presente Lucio Dondi: lui mi amava alla follia e anch'io lo amavo tanto.»

Lucio Dondi inizia a piagnucolare: «Allora perché mi hai tradito, Matilde? Perché? Sai quanto ho sofferto? Non mi sono più ripreso da quel giorno.»

Ghisolfi sorride soddisfatto.

Gli occhi di Matilde si fanno lucidi: «Tu eri in America per un corso di specializzazione. Ci saresti stato per sei mesi. E io... Sì, io cedetti alle lusinghe di Gianmaria Ghisolfi. Ci aveva già provato, in passato. Ricordi? Ma io sentivo di amare solo te e mai mi era passato per la testa di traditi. E invece, poi, quando te ne sei andato in America, non so cosa mi sia successo. Non lo so davvero, forse la solitudine. O forse la mia stupidità: sai che sono sempre stata un po' stupida e impulsiva». Anche Matilde comincia a piangere, con la figlia Gemma che prova a consolarla.

«Ma lui era sposato da poco» urla Dondi, che poi si gira verso Ghisolfi e dice: «Tu eri sposato da poco e tua moglie era una bellissima ragazza: come hai potuto traditla, maledetto?»

Lui gli sorride provocatorio: «Anche la tua Matilde era una bellissima ragazza. Nuda, poi...»

«Sei un bastardo!» sbraita Dondi. Poi gli si avventa contro: «Io ti ammazzo, maledetto bastardo, ti ammazzo!»

«E piantatela, con queste scenate» dice scocciata la Cabrini. «E tu, Dondi, chi cazzo vuoi ammazzare, uno che è già morto?» e si lascia andare a una sghignazzata da strega malefica, a cui fa seguire una lunga sorsata di grappa e una tirata di cigarillo. «Stupidi morti... Va' avanti, Matilde.»

Dondi torna al suo posto, sta sbuffando come un cinghiale braccato.

L'ex infermiera riprende: «Frequentai Ghisolfi parecchie volte, quando poi scoprii di essere incinta, capii quanto fossi stata idiota. Ghisolfi mi chiese subito di abortire, non tanto per timore della sua novella sposa, Consuelo, quanto per l'eventuale scandalo che poteva coinvolgerlo, lui che era a capo di una delle più rinomate cliniche del Nord Italia.»

«Ma tu non volevi» sospira la Cabrini.

«Certo. Non che ne fossi davvero convinta, ma per una sorta di stupida ripicca nei suoi confronti. Lui finse di accettare la mia scelta, e invece...»

«E invece avevo già pronto un piano di riserva» la interrompe Ghisolfi, grattandosi il bernoccolo sulla testa.

«Piano di riserva?» dice con rabbia Gemma Antonioli. «Maledetto bastardo, ci hai rovinato la vita.»

«Maledetto bastardo a tuo padre?» ridacchia lui «Gemma, sei una figlia ingrata.»

«Maledetto bastardo» ci prova anche Dondi «hai rovinato la loro e la mia vita. Taci e tornatene all'inferno, essere ignobile e schifoso.»

«Taci tu, Dondi» si rifà sentire la Cabrini «potevi alzare la cresta diciassette anni fa, se ci tenevi davvero alla tua Matilde. Ora sei soltanto patetico. Morto e patetico. Matilde, continua.»

«Certo, signora Cabrini, le stavo dicendo che Ghisolfi finse di accettare la mia decisione, a patto che mi mettessi in cura da Rodolfo Riccamonti, che all'epoca era primario ginecologo alla *Santa Beatrice* e padre del qui presente Saverio. E così feci. Riccamonti mi prescrisse un farmaco per aumentare le mie difese immunitarie e quelle della creatura che stava crescendo in me. Così, almeno, mi disse lui. Anzi, me ne regalò non so quante confezioni. Dopo un paio di settimane, però, cominciai a sentirmi male, a vomitare, ad accusare forti dolori al ventre e ad avere perdite di sangue dalla vagina. Corsi da Riccamonti e lui mi disse che era tutto a posto, che tutto stava procedendo nel migliore dei modi, che non avevo nulla da temere.»

«E invece ti stava dando un beverone per farti abortire» dice la Cabrini.

«In quelle boccette non c'era il farmaco originale, ma chissà quali schifezze. Andai da Gianmaria e gli urlai sul muso i miei sospetti. Lui inizialmente negò, poi ammise il suo piano per farmi perdere il figlio, con la complicità del suo amico e collega Rodolfo Riccamonti.»

«E comprò il tuo silenzio» aggiunge la Cabrini, con un tono canzonatorio e schifato. Si riattacca alle bottiglie e schiocca soddisfatta la lingua sul palato.

«Avrei voluto vedere lei, al mio posto» dice risentita Matilde Antonioli.

«Che ne sai di quello che avrei fatto io? Pensa piuttosto a quello che hai combinato tu, che prima ti sei divertita a fare la sgualdrinella, per poi farti comprare con quattro soldi.»

«Quattro soldi, un cazzo» dice risentito Ghisolfi «cinquecento milioni di lire, ha preteso per non denunciarmi e sparire dalla mia vita. Altro che quattro soldi. E con tutto quel danaro, si è comprata una villetta a Sirmione e ha smesso di lavorare, la furba.»

«Volevo garantire a Gemma la migliore esistenza» riattacca a piangere Matilde. «Sapevo che sarebbe nata con parecchie malformazioni e, se ho accettato quei soldi, l'ho fatto soltanto per lei, non di certo per me. Scrissi una lunga lettera d'addio a Lucio, in cui gli spiegavo di averlo tradito e di essere incinta. Lo pregavo di non cercarmi mai più, una volta tornato dall'America. E lui ha sempre rispettato la mia volontà.»

«Il coglione» commenta la Cabrini, con sarcasmo e sbuffando fumo.

«E cosa potevo fare?» prova a giustificarsi lui. «Tornato a Cremona, le malelingue cominciavano a spettegolare e...»

«E tu hai avuto paura di perdere il tuo bel posto di anestesista, coglione» infierisce la Cabrini. Il coglione incassa e tace.

Matilde Antonioli si asciuga le lacrime e prova a sorridergli: «Andai a vivere a Sirmione, dove nacque la mia sfortunata figlia. Non pensavo ad altri che a lei, e non ti ho più tradito, Lucio. Non ho avuto altri uomini e mille volte ho desiderato che tu fossi lì con me. Avevo ripreso a fare l'infermiera, anche se a domicilio. E intanto mi occupavo di Gemma. La mandai nei migliori istituti per disabili, mentre io ripresi a studiare, pur di darle un'istruzione che la rendesse il più possibile autonoma. Mi ero anche appassionata alla filosofia, soprattutto all'opera di Jean-Paul Sartre.»

«Me ne sono accorta» ride amara la Cabrini. Riprende il rhum per il collo, se ne scarica in gola l'equivalente di un bicchiere di minerale, spara due colpi di tosse e attacca a nitrire con piacevole fastidio. Si accende un altro dei suoi strani cigarilli e rutta soddisfatta.

«Poi, un anno fa mi diagnosticarono un cancro ai polmoni» continua Matilde Antonioli «non dovrebbe fumare, signora Cabrini, o potrebbe fare la mia stessa fine.»

«Fatti i cazzi tuoi, infermiera dei miei stivali, e va' avanti a raccontare questa storia, anche se già la conosco.»

«E due mesi fa sono morta. Ma pochi giorni prima, ormai immobile nel letto d'ospedale, ho voluto raccontare a Gemma la verità sulle sue disgraziate origini, una verità che forse avrei dovuto svelarle molto tempo fa. Quella sul suo vero padre, che lei credeva essere fuggito poco dopo la sua nascita. E quella su tutto il resto. Le chiesi di vendicarmi e le spiegai come.»

«Una volta morta mia madre» si intromette la vocina metallica di Gemma Antonioli «mi sono trasferita a Cremona, dai miei nonni. Il mio primo pensiero era attuare la vendetta di mia madre. Ho contattato Lucio Dondi e Consuelo Ghisolfi, poi li ho incontrati assieme. Sapevo che mettendoli l'uno di fronte all'altra ad ascoltare la mia storia, li avrei costretti a tirar fuori l'orgoglio e a collaborare al piano di mia madre. Alla fine mi chiesero cosa volessi da loro. 'Vendetta' risposi. 'La stessa che ora anche voi state desiderando'. Aggiunsi che, se si fossero rifiutati, avrei rovinato io Gianmaria Ghisolfi, muovendomi nella legalità. La mia storia era già sulla scrivania di un avvocato, pronta per essere inoltrata alla magistratura. E avrei anche denunciato tutte le porcherie che avvengono ogni giorno alla *Santa Beatrice* e che già avvenivano ai tempi in cui mia madre lavorava lì. In realtà, non era vero niente: non c'era nessuna storia sulla scrivania e, se anche avessi voluto denunciare Ghisolfi, sapevo bene che nessuno mi avrebbe mai ascoltata.»

«Loro cosa ti risposero?» chiede la Cabrini.

«Si presero due giorni di tempo, poi Dondi mi telefonò per dirmi che accettava la mia proposta. Anche Consuelo Ghisolfi ci stava, mi disse Lucio, io pensavo per rivalsa nei confronti del marito e invece quella donna aveva già in mente un piano tutto suo, che doveva portare al finto suicidio del suo consorte e a farle ereditare un sacco di soldi. Avrebbe dovuto aspettare soltanto il momento più opportuno.»

«La puttanazza» dice la Cabrini con odio «è l'unica colpevole ancora viva. Che l'inferno se la prenda oggi stesso.»

«Con tutto quello che ho fatto per lei» commenta anche Ghisolfi. «Le ho sempre garantito un tenore di vita da regina e invece lei» e il professore si dà un'altra grattata al bernoccolo.

«Ben ti sta, maledetto» si rifà sentire Dondi.

«Taci, patetico anestesista, cornuto e morto» lo provoca la Cabrini, agitando per aria il misterioso sigarino.

«Sì, cornuto e morto» le fa eco Ghisolfi ridendo.

«C'è poco da ridere» si agita la giornalista «con quei pacchi e messaggi che Dondi e Consuelo mi mandavano, stavo per finire sotto processo.»

«Mi spiace, signora Cabrini» le dice mogio Dondi «il piano di Gemma prevedeva soltanto che lei venisse spinta a indagare per cacciare nei guai Gianmaria. Anche se poi ci sarei finito anch'io, per tutte le schifezze che avevo accettato di fare o di tacere in tanti anni alla *Santa Beatrice*.»

«Schifezze che vi arricchivano sulla pelle della povera gente, maledetti.»

Dondi sembra non ascoltarla. «Alla regìa c'era Gemma, con cui eravamo in contatto telefonico. Io tirai fuori le prime truffe, se così si possono chiamare, che mi vennero in mente, quelle ai danni di Miriam Vallari, Amilcare Cauzzi e Pietro Leonardi. Gemma ci disse come predisporre i pacchi, gli oggetti da inserire, le parole da scrivere. Poi, io e Consuelo ci davamo il cambio per la consegna di tutta quella roba, ma anche per seguire lei, signora Cabrini, in ogni suo movimento. D'un tratto, però, Gemma era diventata irraggiungibile. Non sapevamo dove cercarla, il suo telefono era sempre spento e non avevamo un indirizzo dove cercarla. L'ho trovata io, quando il suo amico pelato mi ha detto che era stata picchiata da due tizi in moto.»

«Già, il mio amico Emiliano Leda. Chissà dov'è ora, il pelatone?» ridacchia la Cabrini, sempre più sbronza e intossicata dai sigarini. «E chissà dove sono Luiso e Adelmo? Spero che l'occhialuto stia trovando di meglio che far la corte a una lesbica.»

Dondi non la sta ad ascoltare. «Non avevo letto la notizia dell'aggressione, altrimenti, forse, avrei intuito che si trattava di Gemma. Sono andato a trovarla in ospedale e lei mi ha raccontato che era stato Saverio Riccamonti a ridurla in quello stato.»

«Io e un amico» precisa il diretto interessato. «Quella stupida ragazzina mi aveva contattato per raccontarmi la sua patetica storia. Con quel suo modo ricercato di parlare e la sua vocina del cazzo.»

«Attento a quello che dici di mia figlia, Riccamonti», con fare minaccioso, Matilde Antonioli si avvicina al ginecologo, poi sfila da chissà dove un bisturi e glielo punta alla gola «attento, Riccamonti, se dici un'altra parola di troppo ti spedisco a pezzetti all'inferno.»

Lui diventa di marmo: «Ehi, stavo scherzando!» balbetta, con la punta del bisturi che gli preme sulla giugulare «Tranquilla, Matilde, tranquilla.»

Lei tiene la lama puntata ancora per qualche secondo, con Riccamonti che attacca a sudare di terrore, poi finalmente Matilde molla la presa e torna a fianco della figlia.

«Era stata Gemma a chiedermi di finire il lavoro iniziato da mio padre, diciassette anni prima» riprende a raccontare Riccamonti «mi disse, però, di aspettare almeno un paio di settimane, prima di agire. Doveva essere un'azione a sorpresa, mi spiegò, senza alcun preavviso sul giorno o l'ora, né tanto meno sulle modalità dell'aggressione.»

«E tu invece hai anticipato i tempi» gli dice la Cabrini.

«Avevo paura che Gemma rendesse pubblica la vicenda che riguardava mio padre. Una storia che avrebbe rovinato la mia carriera.»

«E quando Dondi ha saputo di quella aggressione...»

«Mi ha aspettato nel cortile della *Santa Beatrice* e, senza dirmi una sola parola, ha estratto una pistola e mi ha seccato. Poi mi ha raggiunto.»

Segue un lungo silenzio, con gli ospiti della Cabrini che non sembrano voler aggiungere altro e lei che sta rimirando le due bottiglie quasi vuote e il secondo cigarillo ormai andato in fumo.

«Sono stanca», attacca a lamentarsi «molto stanca.»

E molto sbronza e fumata.

«Ora andatevene» dice con fare grave. «Per qualcuno di voi provo pietà, per altri solamente ribrezzo. Ma non spetta a me giudicarvi. E forse nessuno vi giudicherà mai. Non so, non è più un problema mio. Ora tornate da dove siete venuti, l'uscita dalla mia vita sapete dov'è. Spero di non incontrarvi mai più.»

Si alza dal divano barcollando come una gondola nella tempesta, recupera il telefonino e compone un numero: «Cristina, ho bisogno di te» dice. Subito, ti prego.»

Poi si avvicina allo stereo e fa partire *A Natural Woman* di Aretha Franklin.

Indice